幼年的诗学

赵霞 著

幼儿文学的艺术世界

明天出版社

目录

上编

认识幼儿文学

第一章 幼儿与幼儿文学

什么是幼儿文学？这是我们认识和谈论幼儿文学时首先会遇到的一个问题，同时也是一个不那么容易回答的问题。幼儿文学是儿童文学的一个分支，顾名思义，它是专门为幼儿提供的文学读物的总称。但是，在这样一个简单的理解中，却包含了许多令人疑惑的新问题：什么是"幼儿"？"幼儿"能阅读"文学"吗？为"幼儿"提供的"文学读物"与我们一般意义上所说的"文学作品"是同一个概念吗？本节将结合上述问题，展开关于幼儿文学概念的探讨。

一、人类学语境中的幼儿期

幼儿文学的命名主要是由它特殊的读者对象——幼儿决定的，幼儿文学的发展也是随着人们对于幼儿身心发展特征的不断认识而展开的。因此，要认识幼儿文学，对幼儿和幼儿期的深入理解和认识是一个必不可少的前提。

"幼儿"一词的字面意义是指年幼的儿童，但它具体的年龄段所指，则根据人们对于个体童年期发展阶段的不同划分而略有差别。比如，有的研究者将0～6岁的个体早期发育期定义为幼儿期，有的将0～8岁的个体发展期称为幼儿期，有的则将上述阶段再划分为0～2岁的婴儿期和3～6岁或3～8岁的幼儿期。瑞士心理学家皮亚杰认为：儿童到达7岁时，他们的思维更接近成人而不是此前年龄段的孩子，因此，它也成为了人们用以划分幼儿期的一个考量因素。结合教育学制方面的考虑，目前在早期儿童教育界受到普遍认同的"幼儿"概念，是指0～6岁这一年龄段，即儿童开始接受正式学制教育前的发展阶段。

为了论说的方便，我们从目前世界范围内儿童学制规定的一般情况出发，将0～6岁的年龄阶段界定为一般意义上的幼儿期。不过，很多时候，当我们在日常生活情境下使用"幼儿"一词时，我们所想到的往往并不是某个界定严格的年龄范围，而就是对于个体身心发展过程中一个早期发育阶段的朴素认知。也就是说，我们意识到，在每一个个体的成长过程中，都存在着这样一个最起初的阶段，它是个体生命早期最脆弱的阶段，同时也是个体生理和心理变化最迅速的阶段；与此同时，这个阶段的孩子会表现出一些特殊的思维和行为特征。

研究发现，这些特征与原始期的人类有着某些惊人的相似之处。在哲学、生物学、人类学和心理学上，长期以来存在着这样一种观点，即个体儿童期的生理和心理发展过程是对于整个人类生物和精神发生过程的某种"重演"。

恩格斯就曾说："正如母腹内的人的胚胎发展史，仅仅是我们动物祖先从虫豸开始的几百万年的肉体发展史的一个缩影一样，孩童的精神发展是我们动物祖先、至少是比较近的动物祖先的智力发展的一个缩影，只是这个缩影更加简略一些罢了。"[1] 这一理论在一定程度上得到了现代生物学和儿童心理学研究成果的证明。例如，研究发现，人类个体胚胎发育的过程十分类似于地球物种进化史的一个缩影，而人类个体的早期发展则缩略地展示了史前人类完成直立行走、语言习得、情感和思维发展等重要进化阶段的过程。

在人类学研究中，也常常出现将原始时期的人类情感体验和思维方式与现代文明中的儿童（主要是幼儿）进行类比的情形。事实上，原始思维中的万物有灵思维、形象思维和整体性思维特征，都与我们今天所了解的幼儿思维有着明显的相类之处。虽然我们不能过于机械地理解幼儿身心发展过程与人类早期进化过程的可类比性，但从这样的类比观察中，我们可以真实地感受到儿童早期生命发展与整个人类文明进程之间深刻的精神关联。

历史上，人们对于幼儿期身心发展过程的最早关注，首先是出于理解人类个体和整体生命发展过程的需要。由于受到进化论思想的影响，在早期的研究中，人们一般将原始思维看作是较低级的、不成熟的、有待被更高的现代人思维方式取代的精神现象；与此相应地，个体在幼儿期所表现出的思维特征，也被视为一种稚嫩的、低级的、有待于借助教育向着更高级的理性思维形态转变的精神发展阶段。不过，随着人们越来越意识到原始思维的独特性，对于原始思维文化价值的再评估和再认识，也成为了一个引人关注的话题。特别是原始思维所表现出的对于自然、环境等的形象感知和整体体认，对于现代文明的自我反思以及继续发展有着重要的启示意义。

也正是在这一过程中，人们对于与原始思维相仿的幼儿心理的关注，除了指向儿童心理发展研究的目的之外，也越来越注意到了其中所蕴藏的珍贵的文化内涵。也就是说，幼儿所表现出的许多思维特征，并不仅仅是一些有

---

[1] 中共中央马克思恩格斯列宁斯大林著作编译局 . 马克思恩格斯选集：第三卷 [C] . 北京：人民出版社，1972：51.

待扬弃的阶段性的发展因素，而是常常包含着别具意义的文化价值。比如，幼儿丰沛的日常想象力，幼儿观察事物的独特角度，幼儿对于周围环境的"万物有灵"式体验和善待等等，对于常常被过度规则化、单向化、功利化了的成人思维世界来说，都充满了启示性。人们发现，很多时候，幼儿对于一些生活问题的看似简单的思考，甚至能够在现代文明的迷思中将我们带回到有关生命和存在的某种单纯而又深刻的本质思考中。

美国学者加雷斯·皮·马修斯在《哲学与幼童》一书中，例举和引用过这样一些幼儿生活思考的例子：

厄休拉（3岁4个月）说："我肚子痛。"母亲说："你躺下睡着了，痛就会消失的。"厄休拉说："痛会上哪儿去呢？"

丹尼斯（4岁6个月）向詹姆斯解释说："一种东西可能同时在前面又是在后面。"他父亲无意中听到了，问道："怎么？你说的是什么意思？"……他们正靠近一张桌子站着，丹尼斯说："嗯。比如我们绕着这张桌子转，一会儿你在前面，我在后面，一会儿我在前面，你在后面。"

蒂姆（大约6岁）忙于舔锅子时，问道："爸爸，我们怎么能知道一切不是一场梦呢？"蒂姆的父亲有点不好意思地说，他不知道。同时问蒂姆他对这个无法回答的问题是怎么想的？他又舔了几下锅子，回答说："噢，我并不认为一切都是梦，因为人在梦里，不会追问这是不是梦的。"[1]

上面三个幼儿思考的例子，分别涉及到了宇宙能量的恒常性问题、空间相对性问题以及物质和生命存在的真实性问题。看到这些问题以如此自然的方式出现在幼儿的思考中，或许会令许多人感到惊讶。很多时候，幼儿期正是以这样的方式，复原着我们对世界和生命的珍贵的原始感知，也提醒我们越过忙碌的现代生活，去关注那些被遗忘的存在感觉。因此，幼儿不仅仅是为了某个未来的成人而准备的，相反地，幼儿期作为一个生命阶段，有着属于它自己的无可替代的存在意义。

可以说，幼儿期的意义，在某种程度上就是幼儿文学的意义。

[1] 加雷斯·波·马修斯.哲学与幼童[M].陈国容，译.北京：生活·读书·新知三联书店，1992：14-27.

在幼儿与人类早期的精神成长之间存在着某种可类比的关系，这种关系不仅仅是研究推演的产物，它的踪迹也遗留在人类早期艺术史上。例如，幼儿思维与原始思维之间的可类比性，在幼儿绘画与原始绘画之间的相似性上就可以得到一定的证明。

或许，正是因为这一思维方式和艺术表现上的同质关系，使得幼儿文学能够从与早期艺术有关的民间谣曲、神话、传说等体裁中，获得它最早的存在形态。这些歌谣和故事被用来哄逗年幼的孩子，或向这些孩子传授与部落有关的某些秘密内容或情感体验，以及与生存有关的某种技能。古印度的《五卷书》、古希腊的《伊索寓言》、古阿拉伯的《一千零一夜》等民间故事，都曾经是早期幼儿文学的故事源泉。随着现代以降幼儿文学的创作发展，越来越多专为幼儿创作的童谣、故事、图画书等进入到了幼儿文学的领域，并逐渐取代民间资源，构成了这一文学门类的主要文本。然而，值得注意的是，在现代幼儿文学与人类早期艺术的某些门类（如诗歌、故事、绘画）之间，尽管相隔几千年的时间距离，却仍然存在着形式、题材和功能上的许多相似点。

第一，在形式上，早期艺术与幼儿文学都拥有一种单纯、粗犷的形式感。

这些形式与生命最初诞生时的那种未经细致雕琢的粗野状态联系在一起，它不讲求复杂的修辞，而是生命天然节奏感的自然流露。以原始歌谣和幼儿文学中的儿歌为例，我们知道，作为幼儿文学主要样式的儿歌，其常用的形式不过是整齐的节奏、韵脚和语词的重复等，而"原始民族用以咏叹他们的悲伤和喜悦的歌谣，通常也不过是用节奏的韵律和重复等等最简单的审美的形式作这种简单的表现而已"。[1] 因此，与原始歌谣一样，儿歌的形式意义在很多时候要大于它所吟唱的内容的意义。

[1]格罗塞．艺术的起源[M]．蔡慕晖，译．北京：商务印书馆，1984：176．

叙事作品方面也是一样。原始部落的叙事作品（如叙事诗）最为讲究故事动作的进展，而极少关注故事环境、背景的渲染；许多传说故事中的角色个性也往往是模式化的，比如民间传说中常见的"三兄弟"型故事。而这些也是幼儿文学中常见的故事手法：考虑到幼儿注意力不易集中的特点，具有一定篇幅的幼儿故事十分讲究动作的持续推进；考虑到幼儿理解能力上的特点，幼儿故事中的角色性格也大多是简单和模式化的。此外，幼儿故事中最常见的情节结构的回环手法，也与早期民间故事有着直接的渊源关系。

第二，在题材上，早期叙事作品最关注的往往是与现实生活最为相近的人与动物的题材，幼儿叙事作品也是如此。

在各民族早期的叙事体诗歌和传说中，关于动物的故事占据了重要的位置，法国中世纪动物故事诗《列那狐的故事》就是一例。同样，在幼儿文学中，以动物为主角的童话、寓言等在数量上也占据着绝对的优势。早期人类和儿童对于动物的格外关注，或许与原始人和幼儿共同的万物有灵思维有着较大关联。此外，无论在早期叙事作品还是幼儿文学的故事里，其题材往往都带有一种不同于现代理性思维的"空想"色彩。

第三，在性质和功能上，早期艺术与幼儿文学都不是纯粹审美意义上的艺术作品。

原始艺术的产生首先并非出于某种艺术需求的冲动，而是与部落生活的现实需要有着密切关联。"原始民族的大半艺术作品都不是纯粹从审美的动机出发，而是同时想使它在实际的目的上有用的，而且后者往往还是主要的动机。"[1] 因此，原始艺术承担着比后来我们所说的文学艺术作品丰富得多的功能，包括宗教的、仪式的、知识传授的，等等。同样，幼儿文学从诞生到今天，它所承担的功能也超出了一般的文学层面，而是指向着知识、娱乐、教育、游戏等多个维度。

这里之所以要将幼儿文学与早期艺术放在一起进行对比，目的并不是为

[1] 格罗塞. 艺术的起源 [M]. 蔡慕晖，译. 北京：商务印书馆，1984：234 页.

了以原始艺术的特质来界定幼儿文学的艺术精神，而是希望通过指出幼儿文学与人类早期艺术之间在精神上的某种脉络关联，来为幼儿文学的艺术身份寻找到一个属于全人类的艺术史根基。正如我们不能以原始艺术的某种简单、粗浅的形态而否定其独特的艺术价值，我们对于幼儿文学的理解，也需要超越一般的"小儿科"偏见。幼儿文学不是一种仅仅用来帮助幼儿打发幼儿时期的文学样式，而是与那些印刻在我们集体记忆中的原始艺术精神有着内在的关联；幼儿文学不是某种随意编织的童年玩物，而是从一开始就带着人类集体精神的烙印。经过了几个世纪，今天的幼儿文学无疑已经发展出了比早期丰富得多的题材、体裁、表现形式和精神蕴含，但它所取得的最重要的艺术成就，不是其文学形态的拓展或文本数量的增添，而是对于幼儿期所蕴藏的独一无二的人类艺术精神的发掘。对于这一点的认识，将影响我们在幼儿文学的创作和欣赏中对它作出的艺术期待和判断。

三、幼儿文学的特殊性

顾名思义，"幼儿文学"是文学的分支之一；然而，在幼儿文学与我们通常所说的文学概念之间，又似乎存在着一道特殊的鸿沟。许多人在谈论幼儿文学的时候，常常带着这样一个不证自明的意识，即这是一些仅仅提供给幼儿的文学作品，而由于幼儿在知识、语言、理解能力等方面发育程度较低，幼儿文学也是一些程度较低的文学作品。毫无疑问，许多幼儿文学的写作者也是这么想的，因此，在幼儿文学的历史上，我们可以找到一大批"程度较低"的幼儿文学作品，来为上述偏见提供需要的证明。很多时候，幼儿文学就像它所隶属的儿童文学一样，可能只是一个"礼节性的命名"，它"其实是一种出于礼节而勉强以'文学'命之的暂时性或过渡性的文学"，"却绝不是什么真正的文学"[1]。

那么，幼儿文学究竟是文学吗？

显然，在了解了幼儿期、幼儿文学与人类历史、艺术史的精神关联之后，再来提出"幼儿文学是文学吗"的问题，似乎有点自相矛盾。如果说因为幼儿文学是幼儿的文学，就判定它不能被称为真正的文学，那么以此类推，原始人的艺术就不是真正的艺术了吗？这显然是不能令人信服的。

但是，"幼儿文学是文学吗"的问题与"原始艺术是艺术吗"的问题存在着一个最根本的分野，那就是原始艺术本身是由原始人类创造的，而幼儿文学的作者却并非幼儿，而是成人。如果说原始艺术中"粗野感情的粗野表现"，对于原始艺术的创造者来说，其价值"并不低于欧洲人诗中所有的较高尚和更同情的表现"，因为这些表现"不论用最低浅的形式或最高的形式，本质上是相同的——就是对于歌者的一种发泄和慰藉"[2]，那么在幼儿文学中，情感的抒发者并不是幼儿本人，而是那个模仿幼儿的成人作者。这有点像今天的人使用现代工具雕刻出一把模仿古代爱斯基摩人的骨刀，它可以算是真正的艺术吗？

与此同时，幼儿文学的创作也受到文学层面的诸多限制。

第一，和一般文学相比，幼儿文学可以运用的文学手法的资源，实在少之又少。在语言上，幼儿文学需要考虑特定年龄段幼儿的语言理解能力，在十分有限的词汇、句式范围内进行挑拣；在技巧上，幼儿文学也必须考虑幼儿的阅读理解能力，选择他们宜于接受的技法。在这样的情形下，幼儿文学的创作发挥便受到了相当大的文学语言和技法上的限制。

第二，幼儿文学所承担的功能，又比一般文学多之又多。幼儿文学最早的诞生，首先不是为了满足幼儿文学阅读的需要，而是服从于对幼儿实施教化的需求。直到今天，这一教育的需求仍然在幼儿文学的创作中占据着重要位置，它又可以分化为知识教育、情感教育、生活教育、社会化教育等等。

[1] Peter Hollindale.Childness in Children's Books[M].Lockwood:The Thimble Press, 1997:9.
[2] 格罗塞. 艺术的起源[M]. 蔡慕晖，译. 北京：商务印书馆,1984:187.

有研究者曾列出幼儿文学旨在达到的一系列目的：

> 给孩子完全的娱乐。
> 帮助孩子发展想象力。
> 帮助孩子发现生活中的意义。
> 给予孩子一定的时间去思考与生活有关的经验。
> 帮助孩子加深对世界的发现。
> 提供机会让孩子重新阅读书中喜欢或未读懂的部分。
> 在孩子喜欢书的过程中给孩子介绍各类学习方法。
> 发展孩子对知识和世界的探索欲望。
> 帮助孩子打下阅读的基础。
> 使孩子对书和语言有令人难忘的经历。
> 教导孩子怎样聆听别人讲话。
> 使孩子对别人具有自觉性和敏感性。
> 帮助孩子欣赏书中的描写和评论。
> 使孩子打下使用和爱护图书的基础。[1]

这使得一般文学的审美标准远不能涵盖对于幼儿文学的价值评定。

第三，幼儿文学的形式，也越出了我们常识中一般文学作品的界限。比如常见的字母书，往往并不包含一个连续的故事，或者书中对于字母学习的关注远远超过了对于故事性的关注。在幼儿文学的许多知识性图书门类中都存在着同样的情况。对于这样一些书籍，普通的文学性判断显然也不能完全诠释其艺术意义。

所有这些都提醒我们，如果说幼儿文学是一种文学样式，那么它应该有着属于自己的一些独特的文学内涵和外延。我们应当意识到，一方面，仅仅因为幼儿文学表现了符合幼儿特征的思维方式、生活内容等，还难以说明这一文学样式真正的艺术身份；另一方面，来自一般文学领域的许多规律和规则，又不能够很好地解释它的艺术特质。那么，究竟是哪些因素参与规定着

[1] Hilda L. Jackman.早期教育课程——架起儿童通往世界的桥梁[M].杨巍等，译.北京：中国轻工业出版社,2002:73.

幼儿文学的边界,又有哪些因素参与塑造着幼儿文学的内涵?带着这些问题,我们将进入到幼儿文学概念的内部,去探寻影响这一概念构成的一些基本范畴。

第二章 幼儿文学的概念

　　幼儿文学的主要读者对象是幼儿，但是，幼儿文学的划分毕竟不像幼儿教育那样，能够按确定的年龄差异将幼儿与非幼儿，以及不同年龄段的幼儿清晰地归入到不同的文学接受圈内。可以说，幼儿文学的内部边界和外部边界都存在着一定的模糊性。而要认识幼儿文学的边界，我们也必须同时认清那些导致其边界模糊的特殊问题。

一、从儿童文学到幼儿文学

人们一般将广义上的儿童文学划分为幼儿文学、儿童文学、少年文学三种针对由低到高不同年龄段儿童接受者的文学形态；另一种更细的分类则是在此基础上，从幼儿文学中再分离出婴儿文学，从少年文学中分离出青少年文学。这里所说的幼儿文学，是包括婴儿文学在内的。

一般认为："所有被归属为儿童文学的各种不同类型的文本都有一个共同点，那就是作者与目标读者之间的鸿沟。" [1] 这种作者与读者之间的身份差异，构成了儿童文学与成人文学最为不同的地方，在某种程度上，它也决定了儿童文学独特的艺术面貌。

与成人文学相比，儿童文学的命名包含了以下四个方面的特征性内涵：

第一，在基本精神上，儿童文学以儿童身心发展的基本特征作为创作的精神起点。

第二，在表现内容上，儿童文学以儿童的日常生活内容或情感体验为基本表现对象。

第三，在表现手法上，儿童文学尤其注重故事手法和幻想手法的运用。

第四，在功能意义上，儿童文学对儿童具有审美、娱乐、教育等多重价值。

上述特征在大层面上可以用来解释广义儿童文学中的任何一种门类，幼儿文学也不例外。然而，从儿童文学到幼儿文学，显然并不仅仅是一个简单的内涵推移的过程。随着从广义的儿童到幼儿的读者对象变化，它也带来了作品文学形式、语言等层面的明显变化。

让我们来看下面两首同题的儿童诗歌：

---

[1]佩里·诺德曼.儿童文学的乐趣：第3版[M].陈中美，译.上海：少年儿童出版社,2008:19.

雪　花

望安

雪花，
你有几个小花瓣？

我用手心接住你，
让我数数看：
一、二、三、四、五、六。

咦，
刚数完，
雪花怎么不见了？
只留下一个圆圆的小水点。

雪　花

王宜振

纷纷扬扬的文字
是写给谁的呢
这般美丽
这般神秘

麦苗读懂了
做了一个金色的梦
梦见一个金灿灿
沉甸甸的夏天

果树读懂了
做了一个彩色的梦
梦见一个色彩缤纷的
果实累累的秋天

原来，它看来像是深奥的
却又是浅显的，通俗的

这两首《雪花》都属于儿童文学作品，但面向的却是不同年龄段的儿童读者。

第一首《雪花》显然是为幼儿创作的，诗歌语言简单、浅白，就像一个年幼的孩子在日常生活中的自言自语，除了简洁的白描之外，诗歌并没有运用太多复杂的修辞手法。

第二首《雪花》的目标读者则是较高年龄段的儿童读者，"这般""神秘""深奥""通俗"等诗意和抽象词汇的使用，以及与"梦""夏天"和"秋天"有关的深层隐喻手法的运用，显然无法在幼儿读者身上引发阅读的理解与共鸣，只有那些已经累积了相当的识字量和文学阅读经验的儿童读者，才能读出其中的意义，读懂其中的意味。

可以说，这两首诗在表现手法、语言面貌、语体风格等方面的差异，几乎不亚于许多儿童文学作品与成人文学作品之间的差异。在这样的情形下，以对于广义儿童文学的一般理解来解释幼儿文学的内涵，显然是不够的。

这也从侧面说明了将幼儿文学从广义儿童文学的门类下单独分离出来的必要性。只需根据最直接的阅读经验，我们也能感受到，在幼儿文学与狭义的儿童文学、少年文学之间，有着较为鲜明的文学形式上的界限。而事实上，与后两个门类相比，幼儿文学的确受到来自以下三个要素的特殊限制：

第一，从作家层面来看，在幼儿文学的创作中，作品的作者与其目标读者之间的年龄差距是最大的。

在这样的情况下，成人作者要设身处地地进入到幼儿的精神世界，或者把握住幼儿生活中的独特情味，其难度往往也更大。幼儿与成人之间的身心距离不是单纯年龄差的问题，而更多表现在思维、语言、情感体验等各方面的质的区别。如果说，儿童文学和少年文学可以从一般成人文学中吸收语言、技法等方面的文学性元素，那么对幼儿文学来说，这样的直接借鉴常常并不可行。

第二，从读者层面来看，幼儿文学的第一目标读者是幼儿，但从幼儿文学向着幼儿的传递，还需要另一个中介性的角色。

我们知道，年幼的孩子并不是天生就具备阅读能力的，在很长一段时间里（有时甚至是整个幼儿期），幼儿需要在成人（通常是父母或教师）的帮助下，才有机会接触幼儿文学作品，也才有可能阅读到幼儿文学作品。因此，幼儿文学的创作，需要充分考虑到这一读者层面的特殊情况，并据此进行文学呈现上的特殊安排。

第三，从文本层面来看，幼儿文学是所有儿童文学门类中受到艺术发挥限制最大的一个类别，其原因不言而喻。

由于幼儿正处于认识和接受世界、人生、社会、文化的最初阶段，因此，对于幼儿文学文本的限制涵盖了包括篇幅、内容、形式、手法、语言等的所有层面。要在这样严格的客观条件限制下进行文学创作，充满了戴着镣铐跳舞的难度。

以上三方面要素，在很大程度上为幼儿文学这一儿童文学门类划定了基本的边界。本书第三章将从这三个角度，对幼儿文学的三个特征性的基本要素展开具体探讨。不过在此之前，需要先来对作为一个类别的"幼儿文学"进行基本的界定，并确认这一界定的有效性。

二、幼儿文学的内涵

明确了幼儿文学相对于狭义儿童文学、少年文学的文类独立性之后，我们可以尝试对幼儿文学来进行界定了。

由于幼儿文学本身是一个涉及文学、艺术、教育等多个领域的特殊文学类型，不同的考虑会对幼儿文学的定义产生不同的影响。比如，从早期教育的视角出发，有国外研究者这样定义幼儿文学：

通过认定书的目的、价值、类型和系统是为早期教育服务的，我们就定义这种文学为幼儿文学。[1]

这一界定的一个基本内涵，是将所有服务于幼儿教育的文学书籍都归入幼儿文学，它凸显了幼儿文学与幼儿、幼儿教育之间的密切关联。这一点对幼儿文学的理解来说十分重要。17世纪捷克著名教育家夸美纽斯曾对婴幼儿时期适宜的教育内容进行列举式的描述，其中绝大多数内容的实现都依托于我们今天所说的幼儿文学的形式。夸美纽斯认为，在儿童的早期教育阶段，要让孩子"熟记些**韵文**，学会唱简易的**赞美诗**，懂得些初步的音乐知识，但

---

[1] Hilda L. Jackman. 早期教育课程——架起儿童通往世界的桥梁 [M]. 杨巍等，译. 北京：中国轻工业出版社，2002:73.

主要是编写些包括各科知识的**图画读物**给他们看，使事物在儿童的心灵中留下生动的印象，从书本中得到乐趣，增加他们阅读的兴趣"。[1]（粗体为本书作者所加，表示强调）在这里，幼儿文学的形式本身就代表了幼儿教育的方法。因此，幼儿文学与幼儿教育，原本就是密不可分地联系在一起的。

但上述定义同时也缺乏对幼儿文学文本自身艺术性质的一个基本描述。我们可以说，这个定义明确了"幼儿文学是为幼儿服务的"这一幼儿文学最基本的性质，但这还不足以说明幼儿文学独特的美学内涵。究竟幼儿文学作品与同样服务于幼儿的其他文本材料之间，存在着什么样的重要区别呢？就这一点而言，下面这个界定显然要更完整和细致一些：

> 幼儿文学是含有多种文学形式，为儿童观察世界服务的，它传送一种简单的、直线型的信息，反映幼儿时期的一种文化和一种群体关系，表达了孩子乐观的、充满希望的、令人兴奋的视点。[2]

这一界定同时考虑到了幼儿文学的服务对象（幼儿）、形式特征（简单的、直线型的）、主要内容（幼儿文化和群体关系）、基本视点（幼儿视点）以及精神向度（乐观的、充满希望的、令人兴奋的）的问题，其内涵既包括对幼儿文学的"幼儿"层面基本特征的规定，也包括对其"文学"层面基本特征的描述。

显然，"幼儿"和"文学"，这正是我们在对幼儿文学进行边界划定时必须予以考量的两个基本要素。需要指出的是，当这两个概念组合在一起构成"幼儿文学"的名称时，它又不是一次简单的意义叠加。在"文学"之前加上"幼儿"的定语，不仅仅是把对于幼儿身心发展特征、文学接受能力、兴趣、需要等的考虑添加到文学的内容和形式之中，而是通过两者的结合，同时生产出一种独一无二的幼儿美学。

[1] 陈育德.西方美育思想简史[M].合肥：安徽教育出版社,1998:129.
[2] Hilda L. Jackman.早期教育课程——架起儿童通往世界的桥梁[M].杨巍等,译.北京：中国轻工业出版社,2002:72.

鉴于以上考虑，对幼儿文学的界定包括了以下三方面的基本内涵：

第一，幼儿文学是以幼儿为接受主体的文学。

这一点意味着，幼儿文学必须具有自觉的幼儿读者意识，并以促进幼儿身心健康成长为基本前提。幼儿文学可以是偏向知识性的，比如各种概念书和幼儿科普故事，可以是偏向生活教育的，比如一些以特定日常生活技能的培养为目的的生活故事，也可以是偏向娱乐性的，比如许多有趣的儿歌、童话故事等，但所有这些，都应当建立在对于幼儿身心发展的一种深切关怀的基础上。

与儿童、少年有时可以越过儿童文学的界限，从成人文学中吸收阅读养料不同，幼儿需要的是专为他们创作的文学作品。有人或许会问，我们如何解释许多起初并非专为儿童创作的民间歌谣，也成为了今天的幼儿文学读物？显然，民间歌谣在进入现代幼儿文学的边界之前，往往是由成人根据他们对幼儿的了解，经过了有意识的挑拣和筛选。这一过程本身就包含了一种自觉的幼儿服务意识。这一点，也是现代幼儿文学文类独立的一个标志。

第二，幼儿文学是符合幼儿接受能力的文学。

幼儿文学要实现服务于幼儿的目的，就必须以符合幼儿接受能力的面貌出现。这一点规定了幼儿文学在语言使用、题材内容、文本形态、文学手法等方面的选择，都需要充分考虑幼儿是否能够接受、理解的因素。例如，幼儿文学作品在词汇量方面应与其目标年龄读者的口语词汇量大致相当；幼儿文学所选择的题材，应该是取自幼儿生活的事件、情感等；幼儿文学的篇幅，应当考虑到特定年龄儿童注意的时间长度；幼儿文学应该尽量避免使用复杂的修辞手法，以便于幼儿理解作品的意义。

第三，幼儿文学是体现了独特的幼儿美学的文学。

幼儿文学要以幼儿为服务对象，要考虑迎合幼儿的接受能力，这并不意味着对幼儿的关注就是幼儿文学的全部特征。相反，仅仅以幼儿的成长需要和接受能力为前提的幼儿文学创作，是不可能产生出真正优秀的幼儿文学作品的。幼儿文学应当在对于幼儿生命的观察与关切中，致力于发现、描绘和展示一种与幼儿期特殊的生活内容、生命感受、心理状态、情感体验等联系在一起的独特的幼儿美学。正是这一幼儿美学的有效建构，使得幼儿文学不仅是一种具有高度实用价值的文学，也是一种具有独特审美价值的文学，不仅受到幼儿读者的喜爱，也具有吸引成人读者的文学魅力。

三、幼儿文学的复杂性

幼儿文学是相对于狭义儿童文学、少年文学的一个儿童文学分支，它所对应的主要目标读者一般是学龄前的幼儿。从幼儿文学的划分和界定来看，它应该是一个边界较为清楚、内涵较为明确的儿童文学门类。

然而，我们知道，在个体的正常发育过程中，0～6岁的学前幼儿期包含了一个跨度极大的身心变化过程。在这样一个短暂的时间段里，幼儿要完成从爬行到直立行走、从不会说话到习得语言的发展，并逐渐获得丰富的感知与思维能力，这几乎是人类漫长的进化过程的一个缩影。面对这样一个内部差异巨大的身心发育过程，幼儿文学所面临的任务比它的命名看上去要复杂得多。

第一，对幼儿文学内部分级复杂性的认识。

与儿童期和少年期相比，幼儿期的身心成长特征决定了哪怕只是一年半载的相隔，对幼儿来说，也意味着一种具有质的飞跃的身心变化。面对这样的变化，严格说来，幼儿的年龄每长一岁，都有可能产生对于阅读材料的与众不同的兴趣和需求。例如，不到1岁的幼儿对周围环境中形状显眼或颜色鲜亮的事物能形成清晰的印象，并且能从图片中认出它们；但是从第二年开始，他们的这一敏感期过去了，幼儿将兴趣转到了成人不加留心的一些小物体上，比如名信片图案上某个极不显眼的代表汽车的小黑点。[1] 再比如随着幼儿年龄的逐年增长，其语言能力的提升也十分迅速，与此相应地，针对不同年龄幼儿的文学阅读材料，也有必要根据其所处年龄段的语言水平确定不同的词汇范围。

得益于相对完善的童书分级制度，欧美发达国家对幼儿读物内部的年龄段划分，往往细到逐年分级的程度，也即为 0～6 岁每一个年龄的幼儿制订不同的阅读材料标准，这些标准通常是以比较严格的词汇范围为依据的。相比之下，对于幼儿读物的分级意识在中国刚刚开始普及，而且这种分级大多是依编写者及出版方的经验判断而定出的。在这样的情况下，对于不同年龄幼儿的阅读需求以及不同幼儿文学读物所适合的幼儿读者对象的确定，就更有赖于成人们的主观选择和判断。

第二，对幼儿文学边界复杂性的认识。

尽管我们有必要充分认识到在统一的幼儿文学的标签下，覆盖了一个范围十分宽广的文学层级的"波谱"，但与此同时，幼儿文学毕竟远不仅仅是一些识字或知识教学的材料，它在声韵、故事、想象方面的独特吸引力，使它能够帮助幼儿在一定程度上克服某些词汇或事件理解上的困难，而进入到对于诗歌的韵律整体或故事的情节整体的把握中。甚至不识字的婴儿，仅仅出于对语言声韵和画面色彩的兴趣，也对故事表现出了一种强大的吸收能力。一位母亲这样描述她给还在婴儿期的孩子阅读《快乐王子》《丑小鸭》等童话故事时孩子的反应：

只见婴儿目光直视，紧紧追随着我书页的翻动。婴儿听得呆住了，仿佛坠入了音韵与色彩交织的世界，新生活、新屏幕已经足以把他吸引！[2]

意大利教育家蒙台梭利也举过这样一个她亲身经历的例子：有一次，她与几位妇女一起讨论儿童书籍的问题，其中一位带着她 18 个月大的孩子的

[1]玛丽亚·蒙台梭利.童年的秘密 [M].金晶、孔伟，译.北京：中国发展出版社，2003：78-80.
[2]谢亚力.早慧儿童的奥秘—我的超常教育[M].成都：四川少年儿童出版社，1989：83-84.

母亲提到了《小黑人萨博》这本书。在复述了书中的故事之后，这位母亲总结道："这个故事的结局是愉快的，因为在这本书的最后一页可以看到他父母原谅了他。他的面前还摆着丰盛的晚饭。"然而，当她将书传给其他人看时，她的孩子开始不断地重复说："不，Lola。"孩子的母亲解释道，Lola 是曾经照看过孩子几天的一个保姆的名字，但此后，小男孩开始哭了起来，他喊"Lola"的声音也更大了。最后，大人们只好把《小黑人萨博》这本书给他，只见他指向了最后一幅图画，这幅图并不在书的正文中，而是在封底上，画面上，那个可怜的黑人小孩正在哭。此时大家才明白"Lola"的含义，原来他把西班牙语的"llora"（他在哭）说成了"Lola"。显然，这本书的最后一幅画并没有描绘一个愉快的场面，而是萨博在哭，但却没有人注意到这一点。这个孩子在对他母亲所说的"结局是愉快"的结论表示抗议。蒙台梭利认为："很明显，这个小孩看书时比他的妈妈更仔细。他看到了最后一幅画是萨博在大哭。虽然他还不能完全理解她们的对话，但他那准确的观察力确实令人惊叹。"[1]

这个例子充分说明，很多时候，幼儿对于文学故事的观察力和理解力超出了成人的预期。年龄低的幼儿可以用自己的方式读懂原本适合大龄幼儿阅读的故事，而随着年龄的增长，幼儿也有可能读得懂一些写给小学阶段儿童的故事。因此，对于幼儿文学年龄层级的区分，在一些情况下又难免是机械的。这里便出现了一个矛盾：一方面，幼儿文学需要根据读者对象的不同年龄充分考虑作品字词使用和内容上的限制；另一方面，幼儿文学在尊重幼儿读者不同年龄段身心发展特征的基础上，也有必要进行破除年龄壁垒的尝试，以促进幼儿语言发展和文学阅读能力的提升。

[1]玛丽亚·蒙台梭利.童年的秘密 [M].金晶、孔伟，译.北京：中国发展出版社，2003：83-84.

第三章 幼儿文学的三个要素

　　幼儿文学的存在，是由作者、读者和文本载体三个要素共同支撑起来的。上面我们谈到幼儿文学与其他文学样式的区别时，已经触及到了幼儿文学在作者、读者和文本层面的特殊性。在此基础上，我们来进一步详细探讨幼儿文学的这三个要素所指向的内容。

一、幼儿文学的作者

幼儿文学的作者是幼儿文学的写作者，也是幼儿文学文本发生的起点。马修斯用这样的语言描述他心目中为幼童写故事的作家：

> 如果说皮亚杰，最伟大的，甚至可以说是唯一伟大的认知发展心理学家，对幼童哲学思维还缺少敏感性，那么还有谁是最敏感的呢？不，我不是意指其他的发展心理学家，我也不是想到教育理论家，我指的是谁呢？回答可能使人惊讶，是作家——至少是有些作家——他们是写儿童故事的……[1]

马修斯的话有其道理。一位幼儿故事的写作者，无论如何都应该是一个对幼儿的心理、思维、生活等有着充分的了解和敏感的人。事实上，在很多情况下，幼儿文学的作者往往兼有多重身份，他不仅仅是文学写作者，也同时是幼儿的教育者、幼儿心理的研究者、幼儿生活的指导者，等等。

一名合格的幼儿文学写作者需要具备以下几个方面的素质：

第一，了解幼儿。

幼儿文学作家应该是幼儿生活最细致的观察者之一，他应当了解他所关心的幼儿的思维特点、生存状况、生活愿望等，也应当了解幼儿对世界和生活的特殊体验方式。因此，幼儿文学的写作不能闭门造车，而必须通过与幼儿的亲身接触和对孩子的深入了解，才有可能采集到珍贵的幼儿生活题材的鲜活标本。正因为这样，古往今来的许多幼儿文学作家都是一些有机会与孩子朝夕相处的人们，特别是母亲。比如创作了"弗朗兹"系列幼儿生活故事的奥地利女作家、1984年国际安徒生奖获得者涅斯特林格，她的儿童故事写作，最早就是从她与两个女儿的家庭生活中得到灵感的。

第二，理解幼儿。

[1] 加雷斯·波·马修斯. 哲学与幼童[M], 陈国容，译. 北京：生活·读书·新知三联书店，1992：67.

幼儿文学作家不应当仅仅是幼儿和幼儿生活的一个局外观察者，他应该怀着对幼儿生命的至诚关切，进入到幼儿的世界，对幼儿不同于成人的生活感觉（这也是一些常常被成人们忽视的感觉）、对幼儿所遭受的压抑和所遭遇的困境（不论它们在成人眼里看上去多么不值一提），发自内心地感同身受。他应该清楚地知道，当一个真正的孩子被设想地安放在某个特定的生活语境中时，会产生什么样的感受，又会做出什么样的反应。只有这样，作家笔下与幼儿有关的一切文字才会是真实的，也因而才有可能是动人的。

第三，尊重幼儿。

由于幼儿身心发展尚不成熟的事实，一些幼儿文学作家对幼儿的了解和理解，有时是以一种居高临下的姿态完成的，即作家往往将幼儿期看作一个相对低级、幼稚和有待矫正、提升的生命阶段，从而容易忽视幼儿与成人一样的被尊重的需要。这一点特别突出地体现在较早时期的幼儿文学创作中。然而，对幼儿身心和生活的真正理解，最终一定会导向对幼儿生命的真诚的尊重。也就是说，作家将幼儿视为与成人一样平等的生命个体，维护他们对尊严感的需求，尊重他们对荣誉感的体认，并且懂得在幼儿由于自己的原因而犯下过错或身临窘境时，不是以惩罚来解决问题，而是在引导幼儿认识到过错的同时，以善意的方式帮助他们减轻或解除窘迫。

第四，掌握幼儿文学创作的基本艺术规律。

在了解、理解和尊重幼儿的基础上，幼儿文学作家应该对幼儿文学在语言、体式、艺术手法等方面的特殊性有深刻的理论和实践上的体认，并对他们所关注的一种或几种幼儿文学体裁的创作过程和艺术规律，具有足够的认识和创作经验的积累。以幼儿文学创作中的语言运用为例。幼儿文学的语言应以简单、浅显、接近幼儿日常生活的语言感觉为好，但这种语言上的浅白却不意味着随意，而是需要与巧妙的声韵搭配、传神的情趣发掘融为一体，使作品达到一种至为简白，同时却也至为生动和"精致"的效果。

在任何一个优秀的幼儿文学作品中，我们都能够看到这样一位了解、理解和尊重幼儿，同时又对幼儿文学创作的艺术规律有着深切体认的创作者的身影。比如下面这首儿童诗：

影 子

林焕彰

影子在左，
影子在右，
影子是一个好朋友，
常常陪着我。

影子在前，
影子在后，
影子是一只小黑狗，
常常跟着我。

这首诗歌抓住了日常生活中幼儿对"影子"现象的关注和好奇，将简白不过的童言童语与齐整天然的节奏韵律相结合，诗中"好朋友"和"小黑狗"的比喻，更是将简单、真实的生活感觉与朴素、动人的诗歌修辞相结合，既传达出了透过幼儿的眼睛所显现出来的世界图像，以及透过幼儿的心灵所捕捉到的生活感觉，同时也借影子的意象所同时指向的"陪伴"和"独自一人"的双重含义，将一种幼儿期所特有的微妙的孤独情愫，水到渠成地传达了出来。显然，在这样的作品中，作者与幼儿之间年龄上的事实距离丝毫也没有阻碍他对于幼儿心灵世界的准确把握；而作者站在文学创作的立场上，对于幼儿特殊的生活内容、情感体验和日常语言的充满巧思而又不露痕迹的艺术加工，则在真正意义上将文学的形体赋予了童年的精神。这也是读者对于优秀的幼儿文学作家的期待。

广义上来说，幼儿文学的读者包括所有有机会、有需要、有兴趣阅读幼儿文学作品的人，比如幼儿、幼儿教师、幼儿的父母、幼儿文学研究者，以及其他因出于各种原因接触幼儿文学的人们。但对幼儿文学自身来说，它所服务的读者对象首先是处于学龄前的幼儿。

幼儿期是个体发育和成长过程的最初阶段，也是个体进入特定的社会和文化编码序列的起始阶段。在这个阶段，个体的身体和精神都处于最单薄、最脆弱的时期，如果缺乏外来的养育和教化，生命的全部发展将无从谈起。但另一方面，这又是个体一生中身体和精神上吸收力最强的一个时期。婴儿和年幼的孩子能够从环境中敏感而又迅速地捕捉到各种新的信息，并以一种特殊的方式，将它们编码同化入自己的生命结构当中——它将成为影响个体一生的基础精神结构。因此，对于这一时期的孩子来说，一方面是物质上的哺育，另一方面是文化上的教化，这是最为重要的两件事情。而对于语言和理解能力都十分有限的幼儿来说，符合其接受特征的幼儿文学无疑是对他们进行文化传授的一个最为基本的途径。

不过，正如"童年本身就是已经被过分简化了"[1] 的概念一样，幼儿文学所对应的"幼儿"读者，也是对于一个复杂的个体发展过程的简化了的统称，它内部还包含了年龄、性别、个性特征、家庭状况、时代背景、文化等多种因素的差异。这些差异决定了对不同年龄、性别、个性、生活环境和文化背景的幼儿读者来说，适合他阅读的幼儿文学作品也不尽相同。

让我们以其中较易划分的年龄差异为例，来比较一下适合各个年龄幼儿阅读的幼儿文学作品的大致类型。

0～1岁：从出生到周岁前的婴儿，通常还没有发展出使用语言以及与周围环境直接相作用的能力，而是主要通过直观性的听觉、视觉和触觉来接收周围信息。这一时期的婴儿对声音、色彩的存在及其秩序感格外敏感，但

[1] 彼得·亨特. 理解儿童文学 [M]. 郭建玲等，译. 北京：少年儿童出版社，2010：353.

并不能理解语言的语义。因此，在这一时期，为婴儿朗读或吟唱简短的、节奏分明的儿歌，与婴儿一起做简单的童谣游戏（如手指歌的游戏），或为他们翻读简单的图画故事，可以激发起婴儿对世界、对语言的兴趣。

1～2岁：一般情况下，大约在1岁左右，幼儿正式开始了语言的学习和运用。有研究发现，从1岁到2岁，幼儿大概能掌握近三百个词的含义。这一时期的孩子不但对韵文类的歌谣感兴趣，而且逐渐能够理解一些简单的故事。因此，这一年龄段的幼儿已经可以通过成人的朗读帮助，欣赏简单的幼儿生活故事和童话故事。针对该年龄的幼儿通常喜欢用抓和咬的方式来熟悉事物的特征，这一时期的歌谣和故事读物中，应该包括一些质地牢固的木板书、材质安全的塑料书等。对于2岁的幼儿来说，他们有必要开始通过阅读认识一些基本的生活概念，比如家庭、朋友、四季、晨昏等等，与此相应地，我们可以为这个年龄的幼儿特别选择一些涉及生活概念理解的图画故事书。

3～4岁：3～4岁是幼儿语言词汇迅速丰富的一个时期，同时，随着儿童身体协调能力的发展和行动范围的扩大，他的好奇心也逐渐转移到了越来越多的事物上。这一时期，他对阅读材料的注意力不容易长久集中，因此，歌谣或故事本身在形式和内容上的趣味性开始显得更为重要起来。这意味着这一时期的幼儿对故事性的要求变得更高了。一些可以令2～3岁幼儿哈哈大笑的老套故事，对他们来说可能已经开始变得缺乏足够的吸引力。他们需要通过在故事中重复体验日常生活中的一些特殊情感，比如家庭内的孤独、被冷落、恐惧等，来帮助自己应对这些情绪。与此同时，这一时期也是幼儿的性别意识开始萌生的时候，因此，以此为题材并适应这一时期幼儿语言能力的简短故事也是孩子可以开始接触的。此外，涉及生活题材的幼儿科普故事、适合扮演的幼儿游戏剧等，也会受到这一年龄段孩子的欢迎。

5～6岁：这一时期的幼儿除了进一步发展的语言能力之外，想象和抽象思维的能力进一步提升，他们对于外部世界信息的容纳量也越来越大。除了身边发生的幼儿和动物故事外，他们开始对许多带有幻想性的、离奇的故事感兴趣，因此，幻想题材的童话、神秘题材的科普故事等，可以被纳入到这一时期的幼儿阅读范围中。这一时期的幼儿对于人与人之间交往的复杂性开始有了某些初步的体验。因此，反映同龄幼儿如何面临、解决或应对家庭、社区和幼儿园内日常矛盾的生活故事或童话故事，也是这一时期的孩子所需要的。

以上是对于不同年龄时期幼儿阅读兴趣发展和变化的一个大致描述，它从一个侧面反映了幼儿读者的内部分层。除此之外，区域与家庭经济、文化条件的差异、语言能力发展速度的差异、性别差异等等，同样会导致幼儿读者接受能力的差异。

然而，在整个幼儿期，仅仅凭借幼儿自己的能力还不足以胜任幼儿文学阅读的任务，因为即便是接近学龄期的儿童，其书面阅读能力往往也十分有限。对幼儿来说，如果没有人将印在纸页上的文字"转译"成声音状态的语言，所谓的幼儿的阅读接受就几乎是不可能的。

事实上，从上面的描述中我们就能注意到，在幼儿的文学接受过程中，存在着一个十分重要的成人读者的位置，他们是陪伴着幼儿、并为幼儿朗读或讲解作品的父母、家长、幼儿园老师，他们是幼儿阅读活动中另一个必不可少的元素，承担着为幼儿选择和提供阅读素材、朗读文本、解说文本等重要任务。

但对于幼儿文学的接受来说，这些成人所扮演的并不仅仅是一个中介性的角色，他们本人就是幼儿文学早已选定的另一批目标读者。在每一个自觉创作的幼儿文学作品内部，都预留了一个隐藏在语言和故事背后的成人讲述者的位置。在作品被打开之前，它像一个空缺的座位，等待着现实中的成人朗读者（或讲述者）的到来。只有当幼儿和成人在文本所提供的读者位置上各自就位时，一个典型的幼儿文学的接受过程才能就此展开。而在为幼儿朗读作品的同时，成人朗读者本人也体验到了作品所带来的乐趣。从这个意义上说，幼儿文学活动中成人读者的位置和作品中那个预留给幼儿读者的位置，几乎是同样重要的。

这种幼儿文学所特有的"双重读者"的现象，也体现了幼儿文学的特殊性。

三、幼儿文学的文本

一个儿童文学文本的结构可以区分出三个基本的层次：语音层、语象层、意味层。简单地说，语音层是作品语言的声音层，语象层是语言符号所对应的形象内容，意味层则是上述内容所承载的意味。[1] 这三个层面相互依存、彼此融合，在纵向上生成了一个完整的儿童文学文本的结构。

与儿童文学一样，大多数幼儿文学的文本结构也可以分为语音层、语象层和意味层三个层次。以下面这首传统儿歌《小耗子》为例：

小耗子，上案板，
猫来了，打战战，
猫走了，再玩玩。

在这里，由 18 个汉字组合而成的语音整体，构成了这首儿歌的语音层；在此基础上，这些文字共同描绘的"小耗子在案板上玩，见了猫吓得直打颤，猫走了又乐得再玩玩"的具体场景，构成了儿歌的语象层；最后，这首儿歌借节奏分明的音韵和淘气可爱的小耗子的故事所传达出的童趣和游戏情味，则构成了作品的意味层。

但是与狭义的儿童文学、少年文学相比，幼儿文学的这三个层次又表现出一些不一样的特征，它们是由幼儿文学读者对象的特殊性决定的。

首先，对幼儿文学文本来说，语音层不仅是一个基础性的层面，也是一个具有独特欣赏价值的层面。

幼儿期的孩子对声音保持着高度的敏感，当他还是一个婴儿的时候，他对于声音的特殊兴趣就已经明白地表现了出来。我们常常看到在日常生活中，父母用一些响亮的、有节奏的、与众不同的声音（比如摇铃声、音乐声）让哭闹的婴儿安静下来，使他转而去寻找声音的来源。而进入语言学习阶段的幼儿对于儿歌、故事中那些富于音乐性的节奏、韵律等，同样表现出了浓厚的兴趣。事实上，在所有的幼儿文学文本中，音韵层面特殊的排列组合效果

[1] 方卫平. 儿童文学接受之维 [M]. 武汉：湖北少年儿童出版社，1995：124-130.

都有着举足轻重的意义。对于儿歌来说，由押韵、排比、对仗、双声、叠韵等语音修辞造成的声音效果，本来就是这些作品最为重要的文学性元素，很多时候，幼儿并不知道大人或自己吟咏的儿歌的意义，却仍然津津有味地沉浸在语言的声韵游戏中。也就是说，对幼儿来说，这些文本的语音层本身就足以构成一个自足的审美对象。

在散文体的成人文学和读者年龄段相对较高的儿童小说、童话中，语音层的重要性会自然而然地被削弱，变成"透明的层面"（韦勒克、沃伦语），但这一点却不适用于解释幼儿文学。即便是在幼儿故事里，语音的重要性也十分突出。对许多中外幼儿童话和故事的写作者来说，让故事在语言上保持相对整齐的节奏和声韵组合，能够使幼儿更容易喜欢上和记住这些故事。因此，对幼儿文学的任何一种文体来说，显在的语音层面的经营始终是需要考虑的中心问题之一。

其次，幼儿文学文本的语象层不但可以寄寓在语音层之上，同时也可以通过图像画面得到特殊的传达。

与面向儿童和少年期孩子的文学作品相比，在幼儿文学中，图像作为一个意义传达的媒介，常常占据着与文字同等重要的位置。幼儿年龄愈低，作品的这一特征便愈明显。之所以会这样，除了鲜艳形象的图像更能吸引幼儿注意的原因之外，对于语言能力还比较低下的幼儿来说，直观图像的出现也有助于他们更方便地领会语言的意义。对于一个从未见过长颈鹿的幼儿来说，一幅绘有长颈鹿的插图可以解决许多语言无法描述清楚的问题；对于还不能很清楚地理解"愤怒"的意思的幼儿而言，一幅表现"愤怒"情绪的儿童插图也比语言的符号性说明更能解释问题。对于许多幼儿文学文本来说，它借文字所传达的语象不仅要依靠文字的符号媒介，同时也要靠相应的图像媒介来呈现。

在一些无字图画书中，图像甚至完全取代文字，而直接承担起了文字表达的功能。也就是说，图像本身变成了一种可以独立传达意义的特殊"语言"。由于作品的画面跳过了文字符号的中介，而用幼儿所能够理解的直观图像来讲述故事，因此，幼儿可以凭借自己的理解力来"读"懂这些图像，从而也读懂图画里的故事。我们可以说，在这里，幼儿文学的文本跳过了对一般文学作品来说必不可少的语音层，而以另一种方式实现了语象层的任务。对主要以语言文字为载体的文学作品来说，幼儿文学的上述尝试解放了图像的叙事能力，也在一定程度上将幼儿文学的创作从文字的"独裁"下解放了出来。

再次，幼儿文学文本的意味层由于考虑到幼儿理解能力的限制，往往显得比较清浅。

幼儿文学所传达的意味，大多是与幼儿生活密切相关的一些小小的稚情稚趣和生活领悟，它有的时候是一些小小的快乐，有的时候是一种小小的幽默，有的时候是一些小小的感动，都没有什么刻意寄托的寓意。比如下面这首儿童诗：

进城怎么走法

[加拿大] 丹尼斯·李 著

任溶溶 译

进城怎么走法？
左脚提起，
右脚放下。
右脚提起，
左脚放下。
进城就是这么走法。

诗歌为"进城怎么走法"的问题给出了一个孩子气的巧妙回答，从而使诗歌呈现出一种特殊的幽默效果。对幼儿读者来说，这首诗歌的意味就是这么一种简简单单的游戏趣味。

但当我们从成人的视角来读这首诗时，我们或许会感到，在这样一个简单的回答过程里，也包含了一种人生的智慧。进城的走法有多么复杂？其实不过是左脚右脚轮流提起放下。同样，人生的走法有多么复杂？或许也不过是一步一步耐心踏下。来自童年游戏的小幽默，就这样生发出了生活的大领悟。对于幼儿读者来说，这样的意味是不可能在他们阅读这首诗的过程中产生的，但它或许会在他们长大之后的某一个瞬间里，像一根划亮的火柴那样点亮某种生活的智慧。

　　这就是许多优秀的幼儿文学文本意味层的独特之处。在面对幼儿读者时，它完全是清浅的、透明的，是一望到底的童年趣味。然而，对成人读者来说，它还天然地包含着另一种深刻的、悠长的、带有启悟性的人生意义。这种意义，部分地也是童年本有的审美意义。

第四章 童年观的性质

　　虽然童年现象与人类的存在相伴而生，但童年本身并不是一个古已有之的概念，而是特定历史背景中文化建构的产物。幼儿也是一样。因此，谈论幼儿和幼儿文学，离不开对于童年观和幼儿文学观的文化考察。

　　童年观，亦即一个时代对于儿童及其特征的普遍看法，与幼儿文学的艺术发展有着密切的文化关联。当代童年观所发生的一个重要变化，是从自然的童年观向着文化的童年观的迁移，这一迁移带来了现代童年观的革新，它有益于我们从一个更全面的视角看待童年和童年的意义，也有助于我们更好地理解幼儿文学的意义。

一、变化的儿童

谈到儿童，我们的脑海里或许会浮现出如下一些沿袭已久的看法：

儿童是幼小的、脆弱的、需要成人保护和引领的；

儿童的身心发育不成熟，容易受伤害，也容易因受到引诱而犯错；

儿童的心灵是"白板"，具有很强的后天可塑性，环境什么样，他就会变成什么样；

儿童好动而又善于破坏，需要看管，因此，成人要教儿童懂得遵守规则；

儿童的自由是珍贵的，因此，成人要容忍和保护这份自由；

儿童是小野蛮，身上带着人类未褪去的野性；

儿童是天真无邪、新鲜芬芳的，是极乐园的象征；

⋯⋯⋯⋯

我们每个人都或多或少地分享着上述若干点对于儿童的共同看法。在持有这些看法的时候，我们不会认为，这只是一个儿童的特殊案例，而会把它们看作孩子的共性。每当目睹孩子作出某些符合上述特征的行为时，我们会认为这是自然而然的表现，我们对自己说，喏，这就是孩子！

这就是我们心目中"自然"的儿童，他有那么一些固定的特征，使得我们能够从其他的群体概念（比如一般的人）中把他区分和辨别出来。同时，我们也根据这些特征来确立我们对"儿童"的理解。

有意思的是，我们可以很容易地发现，在这些关于"自然的"儿童的理解中，不可避免地存在着相互矛盾的地方。比如，把儿童看作小野蛮的观点与把儿童看作纯真无邪的孩子的观点之间，以及主张管制儿童和给儿童自由的观点之间，就有着明显的相互对立之处。这种矛盾也存在于提出这些观点的思想家之间。17世纪，英国哲学家洛克提出儿童是一块有待后天的教育来涂抹书写的"白板"，这个观念直至今天仍然影响巨大，在许多人眼中，它就是"自然"的儿童观的一部分。而相近时期，法国思想家卢梭则提出了儿童的天性是纯洁至善的观点，认为教育只能对它造成危险的污染，因此，为了保护这份天性的健康成长，对儿童的教育应该是消极无为的。卢梭的观点同样对后世产生了深远的影响，并成为了另一种"自然"的儿童观的一部分。

事实上，如果我们仔细反思自己对于儿童的理解，或许也会发现，很多时候，在我们个人自以为统一的对于儿童的看法中，竟然也存在着明显的自相矛盾之处。比如，许多人能够在想象和审美的层面上认同对儿童自由的诗性捍卫，然而在现实生活为人父母或师长的真实体验中，他们大多会毫不犹豫地认同儿童是需要严格管制的一个群体。

这些矛盾意味着，关于一个"自然"的童年概念的理解并不像我们想象的那样简单和统一，而是充满了难以自圆其说的裂缝。这些裂缝进而导致了对于一个"本来如此"的童年观念的怀疑：究竟是否存在着一个"自然"的童年？还是说，它只是我们观念想象中的产物？如果是，那么这些想象又是如何产生、形成的？

一批当代童年研究学者给出的回答是，它们产生于特定的历史时期和社会文化环境的影响作用。比如，关于儿童的原罪观念是中世纪宗教文化的产物，关于童年的纯真看法则在很大程度上是 19 世纪欧洲浪漫主义思潮的产物。更具冲击力的是，他们提出，连童年本身也是一个在特定历史条件下被"发明"出来的概念，如果没有这些条件的推动，童年的概念也就根本不会出现。比如，当代童年史研究的开拓者、法国史学家菲利帕·艾里耶就提出，人们把儿童视为不同于成人的生命个体的看法在中世纪的时候并不存在，一直要到 16、17 世纪才逐渐在欧洲社会产生、形成，并发展延续到今天。在艾里耶之后，另一些研究者进一步提出，中世纪的时候，儿童并不是不存在，而是以不同于今天的方式存在着。

这样，问题开始变得复杂起来。既然不同的时期，关于儿童的看法是各不相同的，那么在相同的历史时间，这些看法就一定是一样的吗？ 20 世纪欧洲资本主义社会的儿童观和同一时期亚洲、非洲的儿童观一样吗？同样是

20世纪的欧洲社会，上层阶级和下层阶级、资产阶级和劳工阶级的儿童观一样吗？同样的时间、阶层，甚至同样环境的家庭里，对于男孩和女孩的看法一样吗？ 20世纪瑞士心理学家让·皮亚杰在实验研究的基础上，提出了对于不同年龄阶段儿童身心特征及其发展规律的精细剖析，该理解对后世儿童教育和儿童发展研究贡献卓著。然而到了今天，皮亚杰的理论所面对的质疑是：这些特征真的可以代表不同时代、不同民族、不同阶层儿童普遍的身心发展过程吗？ 所有这些问题不但构成了对于原先那个"自然"的儿童观的冲击，甚至构成了对于儿童观自身的挑战。

这就是对于儿童的一种"文化的"理解，也是20世纪后期以来西方童年研究中出现的一种新的儿童观倾向。它认为儿童不是一个固定的、本质性的概念，而是特定社会文化建构的产物，因此，不同的社会阶层、经济条件、文化背景等，也会导致对于儿童的不同看法。这意味着，我们不能再把儿童看作理所当然的模样，而是需要在宏观和微观的具体时空条件下，小心地确定儿童这一概念的坐标。

从"自然的儿童"到"文化的儿童"，"童年"不再是一个恒定的、不变的本质概念，而成为了一个复杂的历史文化现象。

二、变化的童年观

20世纪后期发生在童年观领域的从"自然的儿童"向着"文化的儿童"的观念转化，从三个层面形成了对于现代以降在西方发达社会发展起来的一种现代童年观的批判。

第一，它指出了童年与具体社会文化之间在宏观和微观层面的丰富联系，从而批判了将童年视为一种超越文化的存在物的看法。

众所周知，现代童年观所带来的对"儿童"这一群体来说至关重要的观念变革，是儿童从成人世界的一种附属物成为了一个具有独立生命价值的个体。与此相应地，过去几个世纪以来，人们对于儿童身心发展规律的关注也在不断增加，尤其是在儿童心理学的研究领域，出现了许多丰富而又精细的研究成果。但这一现象所导致的另一个结果是，儿童的成长被认定为一个由某些发展规律所决定了的统一的过程，而影响这一过程的无数现实的文化因素则被简单地搁置了起来。"文化的儿童"的观念正是意在弥补儿童研究史上这种对于童年的文化属性关注和考察的缺失。

第二，它强调了童年概念内部所包含的复杂的层次与内涵，从而批判了将童年视为一种单一、透明、简单的存在物的看法。

现代童年观在吸收了大量儿童研究成果的基础上，形成了对于童年的一种比较模式化的看法：一方面，儿童需要来自成人的管制和教育，并能够在这种教育下进行身心潜能的开发与实现；另一方面，对于儿童的教育又必须以符合儿童特点的方式进行，"人们应理解儿童的发展有其自身的规律，儿童天真可爱、好奇、充满活力，这些都不应被扼杀"[1]。显然，这是对于童年的一种理想化的看法，它的蓝本是现代欧洲富裕阶级（包括中产阶级）的童年。然而，我们要问的是，一个来自欧洲发达国家上层白人家庭的孩子，和一个来自第三世界国家底层贫穷家庭的孩子，他们的童年之间究竟有可能存在多少共同的地方？

以下是 2001 年的一份针对东南亚地毯厂童工的教育项目访谈所得到的描述，文中描述的另一种儿童生活状态对于许多人来说颇为陌生：

每天清晨五点起床，在一个灯光昏暗的地毯加工厂里开始工作。坐在织布机前的硬板凳上，孩子们的工作是迅速地打结，再用一柄带齿的重榔头将这些结敲紧。室内仅有的小窗户开在天花板附近，上面满是栅栏。有时候，可以听到屋外上学的孩子们的笑声。他们得一直织到晚上九点，期间只有两次短短的用餐时间……一天只允许上一次厕所。空气中飘满了毛絮灰尘，通

[1] 尼尔·波兹曼. 童年的消逝 [M]. 章艳，译. 桂林：广西师范大学出版社，2004：91-92.

过呼吸进入到肺里，叫人胸口作疼。[1]

即便在这段叙述中，我们也能够发现工厂内外两种截然不同的童年身影。显然，前面提到的童年观并不能覆盖对于不同社会文化中复杂的童年现象的理解。这就使得从社会文化的视角来考察童年的多元面貌显得格外必要了。

第三，它基本上认为童年是在特定的历史文化语境中被建构起来的一个概念，从而批判了将童年视为一种本质存在物的看法。

长期以来，儿童研究强调的是科学，是从各种儿童发展现象中摒除可变的时间、空间以及与此相应的文化成分，进而分离出一个具有公理性、普适性的童年概念。在许多人看来，这一概念本身就客观地存在着，我们要做的只是去揭示它、发现它。然而，文化的童年观则指出，童年并不是一个自有的概念，而是特殊的文化语境建构的产物。也就是说，先有什么样的文化，然后才有什么样的童年。同样，当文化发生变化时，童年也会发生相应的改变，以使自己更好地适应新的文化环境。

对于"文化的儿童"的认识让我们看到了童年概念所具有的文化关联性、复杂性与建构性，它是对于现代童年观的一次富于时代性的补充和丰富。但这一认识也存在这样一个明显的问题，那就是它的文化决定论立场。认识到儿童的生活、命运与社会文化语境之间的复杂关联，以及它所具有的复杂内涵，无疑是十分必要的，但是把文化看作参与童年建构的唯一因素，以文化的多样性否认儿童在生理、心理、精神发展上的某些共性，则很容易使我们关于童年的探讨陷入僵局。正如英国知名文化批评学者特瑞·伊格尔顿所说："声称我们完全是文化的动物，等于用一只手将文化绝对化同时又用另一只手将世界相对化。"[2]

比如对于特定历史时期童年生活方式的考察，当然要考虑不同阶层、性

[1]Tanya Roberts-Davis.We Need to Go to School: Voices of the RugMark Children.Toronto: Groundwood. 2001: 4. See Mary M. Doyle Roche. Children, Consumerism and the Common Good. Lexington Books. 2009:19-20.
[2]特瑞·伊格尔顿. 文化的观念[M].方杰，译. 南京：南京大学出版社，2006: 78.

别等文化因素的影响，但如果把文化的制约性放大到极端，那么从具体的现实来看，同一阶层内依次还有不同级别、家庭、个体等的区别，推到最后，只有从每一个儿童个体生活的角度展开的具体考察，才是最具有可信性的。这显然不适合现实的研究展开。只有在承认特定文化范围内的儿童发展共性的基础上，再充分考虑各种文化因素的影响，才是真正有益于推动儿童研究进展的途径。因此，对于儿童的当代理解，既有必要吸收上述文化童年观的理论成果，同时也要看到其问题的所在，扬长补短，建立对于儿童概念的一种适宜的当代理解。

三、对于早期童年的理解

在世界学前教育组织 2006 年度工作会议暨国际学术研讨会上，时任世界学前教育组织主席的塞尔玛·西蒙斯坦作了题为《儿童观的后现代视角》的报告。在这篇报告中，西蒙斯坦提出了这样一种"后现代"儿童观：

儿童期是针对儿童并由儿童进行的社会性建构，儿童是知识、个性、文化的共同建构者。作为一种社会性建构的产物，儿童期总是随着时间、地点、文化的不同而具有不同的内容，并会随着阶层、性别和其他社会经济条件的变化而变化。因此，既没有所谓的自然的儿童，也没有普遍的儿童，而只有多样的儿童与儿童期。[1]

紧接着这一观点，西蒙斯坦提出了对于传统儿童发展研究理论的四点批评，其中包括"盲目认为儿童期存在一个普遍的发展过程"，"错误推崇儿童无能论"，"笼统归纳儿童发展的普遍目标"，"过分渲染发展常态范围的临界作用"。这四点批评有力地揭示了一直以来有关儿童发展的传统理论

[1] 塞尔玛·西蒙斯坦. 儿童观的后现代视角 [J]. 幼儿教育（教育科学版），2007（2）：1-3.

所存在的观念性问题，可以说正中靶心。

有趣的是，在第四点批评的一个看似不起眼的"角落"里，西蒙斯坦对自己的批评作了这样一个小小的补充说明：

> 然而，我们也不能据此完全推翻皮亚杰的儿童发展阶段理论。虽然儿童个体之间确实存在很大的差异，但仍有明显的证明表明，在基于生物因素的儿童身体发展过程中确实存在着特定的普遍性，例如儿童的骨骼、肌肉生长等。

这意味着，即使是在对于现代儿童观的这样一种充满后现代色彩的激烈的理论批判语境下，我们仍然需要承认，在对于儿童的传统理解中，有这样一点是无法推翻的，亦即儿童多少是一个有着共同特征的群体，不论其内部存在着多么复杂的差异性，他们始终分享着一些基本的共性。这些共性不仅仅涉及到骨骼、肌肉等生理层面，也涉及到思维、心灵等精神乃至文化的层面。事实上，在接下去的论述中，西蒙斯坦所提出的对于儿童的"后现代"理解，恰恰指向着儿童的精神统一性的事实。她指出：

> 儿童的思维能力远远超过其表面上表现出来的能力，他们用一种原始的方式掌握着几乎所有的科学概念。
> 儿童全身心关注当前的现实。
> 儿童努力探寻世界的意义。
> 儿童通过填空的方式创造理论。
> 儿童对情境具有依赖性。
> 儿童用"故事"划分世界。
> 儿童推崇整体优先原则。
> …………

谁能说，这些试图"颠覆传统标准"的对于儿童的理解，不是另外一种形式的标准呢？换句话说，我们在批判传统儿童观的普遍价值，强调童年的文化差异性的同时，仍然无法离开对新的普遍性的寻求。这其中的不同之处在于，当我们在充分考虑童年文化环境差异的基础上，再进入对于儿童特征的理解时，我们可以让自己的认识变得更全面、更完整，也更贴近现实。

因此，我们有必要建立起对于儿童和童年概念的这样一种当代认识：儿童一方面是一个分享某些普遍的个体身心发展特征和规律的群体，因此，儿童研究界迄今为止所取得的关于儿童身心发展的普遍认识，仍然具有重要的理论和实践参考价值；但另一方面，这一规律性的发展过程又必定会与具体的社会文化因素融合在一起，从而导致过程本身表现出丰富的差异面貌。一种具有当代性的童年理解，必须充分认识到上述童年共性与差异性的辩证关联。

这也是我们在对于早期童年发展的理解中应该持有的立场。当我们在谈论"幼儿"这样的概念时，我们的讨论首先是建立在对于"幼儿"这样一个群体在生理、心理等方面某些共性的认识基础之上的。但同时，我们也有必要对不同的社会文化背景所造成的幼儿发展的具体差异性予以充分的关注和考量。只有将这两点结合在一起，我们才有可能在一个具有建设性的平台上来谈论与早期童年发展有关的一切文化现象，这其中也包括幼儿文学。

第五章 文化建构中的幼儿文学

　　和童年的概念一样，幼儿文学既是建立在我们对于幼儿期个体共有的身心发展特征的认识基础上的一个文学门类，同时也是特定历史时期童年文化、社会文化建构的结果。本章将在承认幼儿文学文类同一性的基础上，重点探讨幼儿文学与其文化语境之间的复杂关联。

一、童年观建构下的幼儿文学

宽泛地说，儿童文学产生于人们对于儿童作为一个独立个体和童年作为特殊人生阶段的价值认可。幼儿文学也是如此。从幼儿文学诞生起，特定时期的童年观就在很大程度上影响着幼儿文学的美学建构。由于童年观本身是一个处于历史变革中的概念，因此，随着人们对于儿童的看法和认识的变化，幼儿文学的艺术面貌也在发生相应的改变。

在儿童文学发展的早期，以低龄幼儿为主要读者对象的幼儿文学尚未从中分离出来。这一时期并没有自觉地为低幼儿童创作的文学作品，只要阅读能力许可，幼儿就可以与其他年龄的儿童享用同样的故事或书籍，我们只能从今天的视角去判断，其中的哪些作品可能更适合幼儿阅读。在欧洲，字母书是较早开始具备幼儿读者意识的一个儿童图书门类，从这类书籍的历史变迁中，我们或可窥见童年观的发展对于幼儿文学艺术形态发展的影响。

16世纪，用作儿童阅读和书写启蒙的字母书在欧洲十分流行。较早的入门书仅有英文26个字母，比如流行于16世纪中期的角贴书（horn book），是将英文26个字母的大、小写法，英文母音的读法，以及祈祷文写在一张纸上，贴在一块约 $2\frac{3}{4}$ 英寸宽、5英寸长的木板上，下端有柄，可以执握。有的柄上还留有一孔，便于穿上绳带，挂在儿童项颈或系于腰带，以随时诵读。早期字母书的内容相当乏味，但随着17、18世纪，人们对于儿童的身体和精神的认识不断增加，他们便开始在字母书中采用配画或者韵文等更容易被儿童接受的形式，来促进知识的传授。与此相应地，字母书的形式也开始向着我们今天所说的幼儿文学作品的形态发展。尤其是1693年，英国哲学家约翰·洛克在《关于教育的一些思考》中表示赞成"字母书或字母玩具以娱乐的方式来教孩子学字母"之后，字母书中越来越多地使用儿歌、游戏、插画等形式设计，来促进幼儿的字母学习。

不过，直到 18 世纪中期之前，英语幼儿读物的重点都放在教育而非娱乐上。不但字母书如此，成人在为孩子提供动物故事和幻想故事读物时，也常常在叙事中提醒儿童读者，动物和幻想只是叙述的工具，重要的是故事里的道德内容。[1] 因此，哈维·达顿在其知名的《英国童书史》中认为，真正的儿童文学要到 18 世纪中期才开始得到广泛传播。

哈维·达顿把童书定义为"明显是为孩子提供自发的乐趣，而主要不是教育他们的书"，[2] 这一观点在 18 世纪后期和 19 世纪成为了许多儿童文学创作的立足点。与此同时，由于部分地受到 18 世纪以来浪漫主义思潮所代表的童年观的深刻影响，人们也开始更多地思考儿童天性的文化价值。于是，一种对于童年自由天性的发掘和表现，开始越来越多地出现在儿童文学、包括幼儿文学作品的创作中。在 19 世纪和 20 世纪的西方儿童文学界，这一创作精神催生了大量优秀的幼儿歌谣、图画书、童话和幼儿生活故事。整个 20 世纪期间，在一个日益开放的童年文化语境下，幼儿文学的艺术探索也变得日益丰富起来。

以上是对于西方主流童年观的变迁以及这一童年观影响下幼儿文学艺术发展的一个极为粗线条的勾勒，不过从这样的勾勒中，我们可以清楚地看到人们对于童年和童年文化的看法对幼儿文学的艺术面貌所产生的重要影响。这一影响关系也可以从中国当代幼儿文学的发展中得到印证。它使我们看到，幼儿文学并不是从始至终就拥有某种固定的艺术面貌或美学特征，相反，它的艺术发挥的可能性和限度，总是受到特定时期童年观的制约，同时也随着童年观的变迁而有所变化。

今天，童年观的变迁仍在继续，随着当代童年生存环境和童年文化的现实变化，我们的童年观将会以此为参照，不断地进行自我内涵的修正、补充、

[1] Andrew O' Malley. The Making of the Modern Child: Children's Literature and Childhood in the Late Eighteenth Century. New York: Routledge, 2003: 51-52.

[2] 佩里·诺德曼. 儿童文学的乐趣. 陈中美，译. 上海: 少年儿童出版社，2008: 125.

调整甚至改换。在这样的情况下，当代幼儿文学的艺术未来也充满了继续新变的可能。

当然，童年文化与幼儿文学之间并不存在一种简单的决定与被决定的关系。应该说，特定的童年文化为幼儿文学的艺术发展提供了一个童年精神上的基本起点，这一起点与幼儿文学创造最终能够抵达的艺术和精神的宽度与高度，有着十分紧密的关联。然而，并不是说有了某种童年文化的支撑，幼儿文学就能够自然而然地完成其相应的艺术探索的工作。20世纪后期以来世界范围内幼儿文学所实现的种种艺术突破，显然是受到了这个时期空前开放、自由的童年文化精神的推动，但如果没有来自幼儿文学内部对于幼儿生命精神和幼儿文学艺术可能的自觉、持续的思考与探求，那么这种艺术上的拓展还是无从谈起。

二、社会文化建构下的幼儿文学

幼儿文学的艺术发展不但受到特定时期童年观的制约，也带有相应时期社会文化内容的鲜明烙印。事实上，幼儿文学本身也是一种文化产品，它以自觉和不自觉的方式，承载着特定历史时期的某些基本的社会文化信息。这一方面是幼儿文学文化传递功能的一种体现，另一方面，也提醒我们关注幼儿文学中可能存在的某些文化表现问题。

第一，性别文化。

幼儿文学是孩子最早接触的文学，它所处理的幼儿生活话题中也包括幼儿性别教育的内容。在幼儿文学中，有一部分专门针对幼儿性别差异认知教育的作品，比如韩国作家闵秀贤的图画书《毛茸茸》，即试图通过幼儿日常生活的情境，来向幼儿解释男女性别的差异（主要是生理差异）。在性别意识开始萌芽的幼儿成长阶段，这是一种有益的认知教育。

但也有许多幼儿文学作品，在内容上并不涉及生理性别知识的话题，却可能以另一种更具影响力的方式，参与塑造着孩子的社会性别意识。与生理性别相比，社会性别所强调的是在后天的生活和文化环境中得到建立和强化的对于男女性别的区分，比如将男性认同为一种外向、刚强、富于攻击性的性别类型，而将女性定义为一种内向、柔弱、需要他人保护的性别类型。比如，在一些幼儿生活故事中，男孩总是被塑造成顽皮、多动、具有保护性的角色，女孩则往往以弱小、文静、温柔的形象出现。与此同时，一些大大咧咧、擅长恶作剧的角色大多被分配给了男孩，另一些小气、嫉妒、心眼儿多的角色则由女孩来扮演。这样的性别模式化现象在童话故事中也经常出现。然而，尽管男孩女孩的社会性别表现与其生理性别的差异有着特定的关联，但在幼儿文学作品中过分渲染社会性别的模式差异，容易过早地限制幼儿的社会性别自我认同，并不利于其身心发展。

幼儿文学应该在充分认识到幼儿性别差异的前提下，有意识地打破社会性别塑造的模式化倾向，表现男孩女孩更丰富的个性，以使幼儿的个性潜能获得更全面的开发。

第二，阶层文化。

儿童文学最早产生于儿童教育的需求，而在16、17世纪，儿童教育还是欧洲社会上层阶级的特权。早期儿童文学的出现，因此带有鲜明的社会阶层文化烙印，它们是上层阶级文化传递的一个工具。安德鲁·奥马里在《现代儿童的塑造：18世纪后期的儿童文学与童年》一书中，就详细分析了18世纪的英国中产阶级如何通过掌握儿童文学的出版权，使之成为了本阶层文化的一个重要载体。他们将当时流行于下层阶级的一种通俗文学读物挪用过来，通过对其中的各种故事进行改写，把本阶级的意识形态（比如通过自己的努力获得财富和社会地位的提升）注入其中，提供给儿童阅读。在这些作品中，不属于中产阶级的贵族阶级、下层阶级，其形象往往被塑造得十分单薄，例如，穷人常常被夸张地描写成愚昧、势利、不诚实的仆人形象，贵族则被描绘为高傲、堕落、无用、无助的依赖者。[1]

当然，随着教育的普及以及当代社会流动的加剧，来自不同阶层的人们开始纷纷进入到了儿童文学写作和出版的队伍，儿童文学领域的上述"文化霸权"现象也在得到改进，但是一些底层阶级的文化在其中仍然是十分边缘化的。

例如，在今天的大量幼儿生活故事中，对城市文化的贴近表现明显多于对乡村文化的表现，对中产及以上阶层家庭的关注明显多于对底层劳动者家庭的关注，那些质量较为上乘的作品，也主要出现在前一种题材的作品中。这样一种文化的不对等在现实中或许总是难以避免的，但是在当代语境下，幼儿文学应当致力于弥补这样一种不对等的文学表现现象，通过在作品中尽可能呈现来自不同社会阶层的丰富文化，以拓展幼儿的文化认同。

第三，族裔文化。

幼儿文学是由特定民族和文化背景的作家创作，并以相应的语言加以呈现的作品，因此，民族文化对于幼儿文学艺术上的建构和影响作用是不言而喻的。民族文化既为幼儿文学的发生发展提供了语言、思维、文化层面的根本基底，也为幼儿文学的创作提供了丰富的素材。同时，许多国家地区也十分重视在幼儿文学作品中有意识地进行民族文化以及与此相关的意识形态内容的传授。

幼儿文学应当关注本土民族文化的传承，同时也有必要通过译介和创作的形式，关注对于其他民族文化的呈现。在这一点上，近年汉语幼儿文学的外来文化容纳力是显而易见的，相比之下，它对于汉民族之外的本土族裔文化题材和精神传统的关注则还显得十分不够。

从性别、阶层和族裔文化的视角切入的考察让我们看到了幼儿文学的大标签下所覆盖着的复杂的文化层次和文化问题。了解和思考这些问题，有助于我们在为孩子写作和选择幼儿文学读物时，能够从一个较高的文化视点出

---

[1] Andrew O'Malley. The Making of the Modern Child: Children's Literature and Childhood in the Late Eighteenth Century. New York: Routledge, 2003. Chapter 1&2.

发，至少在文学阅读中为孩子提供一个视野更为开阔、结构更为合理的文化基底。

三、全球化背景下的幼儿文学

当代幼儿文学的发展正处于一个前所未有的文化"全球化"的时代。在国际文化交流显得空前广泛而频繁的今天，我们最初想象中的单一、纯粹的本土文化正在与其他文化的对接、碰撞和相互吸收过程中逐渐转变为另一种"杂质"性的文化；与此同时，我们的幼儿文学创作在空前繁荣的国外作品译介潮中，也经受着一场来自世界幼儿文学层面的艺术洗礼。

这一全球化现象构成了幼儿文学发展最为广阔的一个文化背景，也使当代幼儿文学的文化语境变得更加复杂起来。

第一，单一化的童年观。

全球化是市场经济主导带动下的一次规模巨大的资本全球运作，它将挟带着资本的文化一起运送到世界各地，也将一种西方发达国家主导下的童年文化播撒到其儿童文化产品所及的各个地区，从而导致了一种童年观的全球单一化现象。透过数量巨大并且目前看来在质量上也占有明显优势的引进版儿童文学作品以及相关儿童电影、动漫等产品的持续消费，包围着我们的是一种与富足的生活、自由的观念以及娱乐的精神密切相连的西方当代中产阶级童年观，它促使我们相信，那些发生在书本中、屏幕上的童年，就是当代童年既有和应有的模样。相比之下，我们自己现实生活中发生着的许多真实、复杂的童年现象，因为还来不及进入全球文化的权力中心，常常被屏蔽在了这张文化大网的背后，从而很容易被人们忽视。

第二，单一化的文化。

全球化带来的是一种以金钱公平为名义的全球消费文化的普及。在这样的文化中，你消费什么，有时就决定了你成为什么样的人。当全球观众都开始为同一部"哈利·波特"系列电影或者迪斯尼动画新片的发行而疯狂时，我们正在使自己陷入到某种被单一化了的全球文化幻象之中，这其中也包括童年文化。它看似不设置任何内在的文化区隔，所提供的是一场大众化、全民化的文化消费狂欢，但它也因此巧妙地抹去了现实文化中存在的区隔以及由此而来的文化差异和对抗的问题。在这里，消费文化的全球制作者将相同的文化产品复制分发到世界各地，其全球消费者则同时购买和接受这些产品及其对应的文化内容、价值观等。它造成了这样一种假象，即在世界范围内，关于文化的体验是相同的；而这一假象又反过来对新的文化产品的制作施加重要的影响。这样，当我们任由自己沉浸在上述文化全球化的假象中时，文化内在的多元性、复杂性被抹平和忘却了。

第三，幼儿文学的求同与存异。

当代幼儿文学的发展面临着全球化所带来的上述童年观与文化层面的复杂问题。

一方面，一种有关童年观和文化的单一化幻象，极有可能遮蔽幼儿文学对于自身所处文化内部丰富、复杂的童年和社会文化现象的观察与认知，进而阻碍其对于这些现象的关注和呈现。在中国这样一个幅员辽阔的国家，童年概念内部会因城乡区别、地域文化、社会阶层、家庭情况等各方面的差异，而导致格外复杂的分层，比如不同地区和社会层级的独生子女问题、留守儿童问题、单亲家庭问题等，都带有本土文化的特殊印迹，也都需要细致的分析考量。幼儿概念也是一样。因此，当代幼儿文学在寻求自我艺术发展的道路上，需要自觉地克服上述由全球化所带来的童年观和文化认识层面的局限，对本土化的童年生存问题予以充分的关注。

但另一方面，我们也不能否认，当代幼儿文学的艺术发展也在很大程度上受益于这一全球化的文化交流进程。国际层面的文化交流为幼儿文学带来了由一大批世界优秀幼儿文学作品所构成的迷人的艺术风景。这些从题材、形式、技巧、语言、思想、精神等各个层面都各具特色的作品，以如此密集的方式呈现在中国读者的面前，无疑为本土幼儿文学的创作提供了一个艺术借鉴的"富矿"。不同区域的文化是多元的、复杂的，但艺术创造中却也包含着内在的相通性，比如普遍的人文情怀、艺术的形式技法等等。事实上，当代幼儿文学在借鉴世界优秀幼儿文学艺术的过程中，已经使自己在童年精神、人文关怀、文学技法等层面，得到了很大的提升。比如，在低幼童话领域，由于受到世界优秀童话艺术的启发，本土幼儿童话的创作一方面迅速摆脱了传统童话单一教育目的的功利限制，开始致力于寻求一种富于趣味性、游戏性的童话故事意趣，以及一种更能体现低幼童话独特的艺术旨趣的结构设计和语言安排；另一方面，这些童话的写作又不仅仅停留在对娱乐性的追求上，而是更懂得如何结合故事来传达对幼儿的自然教益，比如一种温暖的日常情感，一个简单的生活领悟，一次对于自我的重新认识等等。此外，在幼儿图画书领域，得益于世界优秀图画书的艺术启蒙，原创图画书在对图画书的概念理解、技法探索等方面，都实现了明显的艺术提升。

因此，对幼儿文学来说，全球化的文化语境既意味着艺术发展的机遇，也意味着更为复杂的艺术议题。当代幼儿文学既要允许自己在世界幼儿文学艺术发展的语境中"被建构"，同时也应对当前童年文化与社会文化的丰富性和复杂性有充分的认识，以参与本土童年及其文化的积极"建构"。它的难题，就在于如何在"'被建构的'和'能建构的'孩子之间的裂缝"[1]中，寻找到那个合适的位置。

[1] 彼得·亨特. 理解儿童文学 [C]. 郭建玲等，译. 上海：儿童文学出版社，2010：29.

第六章 幼儿文学的文化精神

　　在明确了幼儿文学的艺术发展与其文化语境之间的辩证关系之后，这里我们将从幼儿文学的艺术共性出发，集中讨论这一文类的当代文化精神走向问题。这是从世界幼儿文学艺术的平台出发，对一种更当下、也更符合童年发展精神的幼儿文学的文化精神所做出的判断，也是当代幼儿文学展开其多元化艺术探索的那个童年精神和文化精神的基点。

一、更深刻的童年立场

幼儿文学的写作者需要具备一种理解、尊重低幼儿童的童年立场，他应当熟悉幼儿的生活、情感和思想世界，并且懂得如何从孩子的视点出发，来把握他们体验世界的特殊方式。比如说，一个幼小孩子眼中的世界比成人所体验到的要庞大得多，这种首先由于身体上的客观原因所造成的观看方式的特殊性，在很大程度上决定着一个孩子在面对世界时的整体心理结构的特殊性。对幼儿文学来说，以感同身受的方式来表现幼儿身体和精神体验的这种特殊性，是一个基本的立场。也就是说，幼儿文学应该力避成人世界对幼儿的成见和偏见，学会真诚地用幼儿的眼睛看，用幼儿的耳朵听，用更易于孩子们接受的方式说话，从而使作品能够为我们呈现一个真实的幼儿世界。

但是，仅仅是对真实生活中幼儿心理、行为等的透彻理解和逼真呈现，还不是幼儿文学的全部。幼儿文学所需要的童年立场，包含了比站在幼儿立场上的换位思考更深刻的内涵。它是在理解和尊重幼儿世界的基础上，同时以一种对于童年的现实问题、当代命运和文化深度的思考，来承担起对这个世界的一种文化责任。

第一，对童年生命的真诚宽容。

幼儿文学在充分看到幼儿生活情趣的同时，也看到孩子身上所有真实存在着的不足。例如，很多时候，儿童都扮演着文化的犯规者角色，生活中的他们会一而再、再而三地给成人带来麻烦，而这些麻烦也成为了过去和现在的许多幼儿文学作品借以发挥，用来向儿童传授特定的生活礼仪或规则的主要题材。

不过，当代幼儿文学作品越来越多地表现出对于这些童年生活"过错"的真诚的宽容。人们看到，成人眼中孩子的许多问题，事实上也是儿童生命力的一种独特的释放方式，而如果我们学着更多地去宽容地理解和看待这些问题，我们或许会更懂得如何与童年相处。比如美国童书作家大卫·香农创作的以捣蛋男孩大卫为主角的《大卫，不可以》《大卫惹麻烦》《大卫上学去》等图画书，几乎把一个天性顽皮的小男孩可能在生活中、学校里惹来的各式各样的麻烦细细描绘了一遍。大卫总是喜欢和大人们的命令倒着干，他吵吵嚷嚷，而且不停地惹祸，他挖鼻孔、挑食、骂人、打架、说谎、迟到、喜欢恶作剧，等等。然而，在作家笔下，所有这些令大人们头疼的"不良行为"被表现得更像是童年充沛的生命力的一种自然抒发，以至于我们会觉得，在制造了这么多的麻烦之后，故事里的大卫仍然是一个十分可爱的孩子。事实上，在每一个故事结束时，可爱的大卫也总能得到妈妈或老师的谅解。这样的设计使得作品中孩子的各种"违规动作"更多地显示出一种审美的趣味，而不是教育指责的对象。在这里，我们感受到的是作家对于童年生命的一种真诚的宽容。

第二，对童年困境的文化思索。

童年不仅仅是快乐的代名词，也联系着日常生活中儿童所遭受的许多现实压抑，它们使童年的生存不可避免地陷入这样那样的困境，而这些困境又往往因其不够起眼而容易遭到成人世界的忽视。幼儿文学有必要关注、思考和呈现童年的这些困境，并借此引发和推进成人世界对此的反思。

例如，约翰·伯宁罕的图画书《莎莉，离水远一点》，描写小女孩莎莉跟随父母去海滩度假。来到海滩后，当父母的只是一边坐在海滩边的躺椅上忙自己的事，一边头也不抬地告诫着"莎莉，离水远一点"，莎莉则只能在想象的世界里满足自己水中游戏的愿望。作者用这样的方式来表现当代生活中成人世界与儿童世界之间的疏离。故事里的父母能够在物质上给予莎莉不错的照顾，但在心灵上却远离自己的孩子，这是对于忙碌的现代文明中童年所经常遭受的一种精神漠视的揭示，它促使我们关注到这一在当代生活中真实存在着的童年困境，并引发我们对于导致这一困境的日常生活的文化反思。

第三，对童年思想的深度探寻。

在儿童研究事业开启后的很长一段时间里，儿童，尤其是幼儿期的思维一直被当作一种简单、幼稚、未发育成熟的个体早期精神现象，幼儿文学也主要被视为一种浅易的早期读物。不过，20世纪70年代以来，随着一门被称为"儿童哲学"的特殊课程在世界范围逐渐被知晓和了解，人们对于幼童思想中所包含的丰富、独特的哲学内容，以及这种思想本身的价值也有了更深入的认识。我们发现，幼儿在日常生活的思考中所涉及的许多原初性的哲学问题，也反映了与人类相伴而生的一些最古老的哲学命题，其中包括对时间、空间、生命、存在等的思索。这些由成人从孩子身上惊奇地发现的哲学思考，反过来促进着成人对于世界的重新认识。发现和探寻这些有着独特深度的童年思想，为当代幼儿文学提供了一个充满启发性和文化价值的创作维度。

例如，幼儿童话《大海的尽头在哪里》（安德烈·乌萨丘夫/著），就借蚂蚁和大象之口提出了"大海的尽头在哪里"这一孩子气十足的想法，这一问题涉及到了个体在宇宙中的存在感、物质空间相对性的辩证法等深刻的哲学思考命题。在故事里，这些深刻的命题被还原到了一种简单、朴素的日常生活情境中，从而将我们推回到人类哲学思考发生的那个原初生活基底，并展示了幼儿文学可能抵达的特殊思想深度。

二、更广泛的童年赋权

与传统童年观将儿童看作社会活动中被动、消极的文化承受个体不同，当代童年研究特别强调"将儿童理解成具有能力的社会行动者"[1]，也就是说，

[1] Michael Wyness. 童年与社会——儿童社会学导论 [M]. 王瑞贤、张盈堃、王慧兰，译. 台北：台北心理出版社，2009：270.

和成人一样，儿童也是社会中有一定影响力的群体，他们具有参与自我和整个社会文化建构的能力。所谓的童年赋权，也就是赋予儿童应有的文化权力，其中包括在一般社会生活中倾听儿童的声音，听取儿童的意见，接受儿童的建议，吸纳儿童参与社会活动，等等。21 世纪以来，这一童年赋权思想在童年研究界得到了格外突出的强调。

对幼儿文学来说，来自上述童年赋权思想的启发有利于它克服传统幼儿形象表现的局限，将童年主角塑造成更具行动力的主体。这意味着在幼儿文学的文本中，我们可以尝试赋予儿童角色以更多的信任和更高的行为能力，并致力于发掘和表现他们以自己的方式参与现实的能力。

林格伦的《小飞人卡尔松》是较早出现的凸显幼儿作为行动者的主体身份的幼儿文学作品。在这部带有童话性的幼儿生活故事中，林格伦塑造了两个具有对照性的幼儿形象，其中一个是乖顺听话、循规蹈矩的小家伙，另一个则是精力过剩、天马行空的卡尔松。不过，尽管这部作品中的卡尔松体现了一种充满主体行动能力和创意的幼儿形象，但他在故事中的行动主要表现为一种童年期夸张而又狂野的游戏行为（尤其是捣蛋行为）和游戏精神，而并不具有太多真实文化参与的性质。

相比之下，几十年后，涅斯特林格在"弗朗兹"系列中所塑造的小男孩弗朗兹的形象，便突出了现实生活中幼儿作为行动主体的文化创造和建构能力。故事里的弗朗兹在遇到生活难题时，总能用自己的方式找到解决的法子。比如该系列中有这么一个故事：

弗朗兹有一个小小的女朋友叫佳碧，她就住在他家隔壁。有一天，在小公园里，两个好朋友闹别扭了，原因是弗朗兹装作自己能识字了，而佳碧不相信。为了证明给佳碧看，本来不识字的弗朗兹决心要在这一天结束前学会认字。显然，这是个不可能的任务，但弗朗兹想出了一个好办法。他抽出三本图画书，让家里的保姆莉莉读给他听。为了牢牢记住书里的内容，他一遍遍地听莉莉录给他的读书磁带，硬是记住了书上的句子。赶在他忘掉这些句子之前，弗朗兹带着三本图画书敲开了佳碧家的门，并给她一一读了上面的内容。这样，弗朗兹在女朋友面前挽回了自己的面子，尽管他其实并不真的能识字。

对弗朗兹来说，在女朋友面前不能丢面子这件事的重要性，与成人世界没什么两样。故事自然而又生动地讲述了小男孩解决这一难题的过程，在这个过程中，弗朗兹表现出了在许多人看来或许不属于一个年幼孩子的坚持、执着和强大的自我扩充潜能，然而所有这些又没有越出一种真实可信的童年生活逻辑。通过这样一种方式，作家向我们展示了幼儿主动积极的文化行为能力，以及在这一行为过程中由孩子自己建构起来的童年特殊的文化面貌。在另一个关于寻找姥爷的故事中，弗朗兹的积极行动不但为他自己解决了生活中的难题，而且改变着他身边的成人世界的现实。

在当代幼儿文学作品中，这样一种将童年文化甚至一部分与童年世界相连接的成人文化的建构功能交到幼儿行动者手里的现象，正在越来越成为一个引人注目的艺术表现手法。这些作品表达了对于幼儿主动应对生活压力、解决生活问题的能力的信任，以及对于幼儿在现实生活中的文化参与能力的认可。

三、更开阔的人文情怀

幼儿文学与一般文学在许多方面的差异都十分明显，但它与所有其他文学门类共有一个不变的精神基底，那就是文学本身所带来的那份对于世界、生命的人文关怀。在幼儿文学中，这种关怀并不仅仅表现为对各种现实的幼儿生活情感、教育问题等的关注，同时也应该是一种具有世界性的开阔、高远的人文情怀。比如苏霍姆林斯基的幼儿教育故事《所有的墓都是人类共有的》，透过孩子们给亲人扫墓这一普通的日常生活事件，来传达一种属于全人类的深刻、悠远而又朴素无比的生命关怀："所有的墓都是人类共有的"，因为所有人都共同拥有生命，也共同承担着死亡的命运；在这个世界上，在所有的"我们"和"别人"之间，都存在着这样一种共同的生命联结，它让人与人之间所有的差异都变得那么微不足道，留下的是一份生命之间彼此守护、温暖的深情。作为一则写给低龄儿童的生活故事，这篇作品的情节、语言都十分浅显，情感和意义的传达也十分简白，但恰恰是这样一种朴实天然、毫无机巧的形式，使得它所包含的那份深切关怀仿佛就是寻常生活的一部分，因而也更具有动人的力量。

当代幼儿文学必须有意识地克服狭隘的教育主义，使自己在精神上朝向一种更具世界性的人文情怀。事实上，越是在针对现实生活中某个具体的儿童教育问题而创作的作品中，这样一种人文精神的背景越能够增强作品的思想和情感浓度，提升作品的文学品质。而反过来，也只有在内心真正怀有这份开阔的生命情怀，我们才能从许多幼儿生活的一般现象中发掘出深刻的艺术蕴含。下面的这则由苏联作家奥谢耶娃创作的幼儿生活故事，就是一个很好的例子：

错在哪里

[苏联] 奥谢耶娃 著

刘昌炎 译

"喵！"一只小猫可怜地叫着，它的身子紧贴着围墙，浑身的毛都竖起来了。有一条狗对着它恶狠狠地咆哮。在离小猫不远的地方，有两个男孩站在那里，笑着看会发生什么事情。

有个大婶从窗口看到这个情景，马上跑出来，把狗赶开，生气地对两个男孩喊道：

"你们太不像话了！一点也不觉得难为情吗？"

"有什么难为情的？我们什么事也没有做！"两个男孩觉得奇怪。

"错就错在什么也没做！"大婶生气地回答。

我们可以说它是一个完完全全的幼儿教育故事，通过严肃地责备故事里的男孩对小猫的遭遇表现出的冷漠行为，它的意图在于向故事外的孩子们传递某种广义的道德教育。但故事所说的"错在哪里"，并不是指生活中孩子的某个导致错误的行动,而恰恰是指他们在面对小猫被狗欺负时的"不作为"。从道德的某个角度来看,两个男孩并没有犯"错",因为他们并不是小猫痛苦的制造者,即使没有他们,小猫被狗欺负的事件同样会发生;但当他们没有采取行动帮助小猫解除痛苦,而是成为了这种欺侮行为的观赏者时,他们又的确造成了一种特殊的"罪错"。这种因为面对他者生命苦难时的不作为而导致的"罪错感",代表着人之为人的道德高度。因此,这则故事所指向,不仅仅是生活中儿童的某种单纯的行为纠错,同时也是一个严肃的人类道德问题。通过一则儿童教育故事,作家把这种道德感还原到了最日常的生活语境下,让孩子明白在这样的情况下怎样做才是对的。这使得作品远远超越了一般儿童故事的教育目的,而具有了一种全人类性的精神气质。这份气质,也正是幼儿文学的当代发展所需要的。

中编

幼儿文学的主要体裁

第七章　儿歌

　　在幼儿最初的文学接受活动中，儿歌占据着特殊而重要的位置。相比于幼儿文学的其他体裁，儿歌的形式感最为鲜明，短小的歌谣，整齐的歌行，活泼的节奏，明快的韵律，赋予了儿歌以鲜明的语言音乐性。即便幼儿由于语言能力发展的限制还不能理解儿歌的内容和意义，其歌谣语言的乐感本身也能带给他们别样的游戏欢乐。因此，在幼儿文学的体裁序列中，儿歌无疑是适合低幼孩子的第一文学样式。

　　根据儿歌作品的创作来源，人们习惯于把那些历代口耳相传的民间童谣称作传统儿歌，而把那些由作家个人写作的儿歌称作创作儿歌。

一、传统儿歌

　　传统儿歌是指在人类漫长的社会发展过程中诞生于民间、并经民间流传下来的那些儿童歌谣。这类歌谣在不同民族、文化传统中都有悠远的历史。中国古代童谣又称孺子歌、小儿语、演小儿语等。古代童谣往往有着典型的儿歌形式，也借儿童之口吟诵传播，但从今天的眼光来看，它们中的许多作品，其真正的接受对象其实并非孩子，而是成人。历史上，童谣曾经普遍被认为具有预示世事变化、朝代更替的作用，尤其是明代以前的童谣，往往具有强烈的政治色彩，其意义接收者自然也是成人。不过，传统童谣中同样不乏天真、朴素、简约、活泼，适合幼儿欣赏的歌谣作品。我们看到，历代童谣中流传下来并仍然为当代孩子吟唱的，往往是那些从民间生活土壤里生长出来的歌谣。它们或者是与民间日常生活息息相关的歌谣吟唱，比如节气歌、问答歌等，或者是从儿童嬉戏中产生的歌谣，如摇篮歌、游戏歌等。这些歌谣内容、形式清新活泼，贴近儿童生活和趣味，因而深受当代幼儿读者的喜爱。

　　传统儿歌在其漫长的演进发展过程中，逐渐形成了一些特定的样式，如：

　　（一）摇篮歌

　　摇篮歌是成人安抚婴儿入睡时哼唱的歌谣。比如下面这首《觉觉喽》：

啊哦……

啊哦……

觉觉哟……

觉觉哟……

狗不咬哟……

猫不叫哟……

乖乖睡觉觉喽……

　　这首摇篮歌以简单的日常语辞配合亲昵的抚慰语气，营造出一种安宁、温柔的入睡氛围。每句歌行后拖长的尾音强化了摇篮曲轻柔绵软的音韵效果，也进一步渲染出安抚和入睡的恬静氛围。透过歌谣，我们仿佛看到了一位慈爱温柔的母亲轻拍宝宝、哄他入眠的场景。即便幼小的婴儿还完全听不懂歌词的意思，歌谣那柔软亲切的语音特征也足以令他感受到其中温柔的深情。

（二）游戏歌

游戏歌是指在儿童的游戏活动中用来配合动作吟唱的一类传统歌谣。比如这首《炒蚕豆》：

炒蚕豆，
炒豌豆，
骨碌骨碌翻跟头。

这首歌谣对应的儿童游戏是这样的：两个孩子相向而立，双手互拉，一面吟唱歌谣，一面同时举起互相拉着的一边手臂，向左或向右做持续的翻身动作。游戏过程中，歌谣的吟唱既控制着游戏的节奏，也增添了游戏的欢乐。今天，许多古老的童年游戏正逐渐消失，但通过游戏歌的传承和吟唱，我们仍然能够感受到其中荡漾着的那亘古不变的童年游戏动感和快乐。

（三）数数歌

数数歌是把数字融入到歌谣吟唱中的一种传统歌谣形式。例如这首《数蛤蟆》：

一个蛤蟆一张嘴，
两只眼睛四条腿，
扑通一声跳下水。

两个蛤蟆两张嘴，
四只眼睛八条腿，
扑通扑通跳下水。

数字本身是一个抽象的概念，但在数数歌中，抽象的数字往往与具体的形象、事件结合在一起，从而赋予了前者以具体、生动的生活内涵。数数歌的数字一般都是简单的基础数字，它在歌谣里的编排也是连续和有序的，对幼儿来说，这类歌谣具有初步的数字学习功能。当然，歌谣中那由数字的递增递减、回环往复形成的节奏感和旋律感，也给孩子带来了莫大的乐趣。

（四）时序歌

时序歌，也称时令歌，是以一年四季或十二个月等的时序变化为吟唱内容的歌谣。如这首《正月要把龙灯耍》：

> 正月要把龙灯耍，
> 二月要把风筝扎，
> 三月清明把柳插，
> 四月牡丹正开花，
> 五月龙桥下河坝，
> 六月要把扇子拿，
> 七月双星桥上会，
> 八月中秋闻桂花，
> 九月重阳登高去，
> 十月初十打糍粑，
> 冬天天寒要烤火，
> 腊月过年把猪杀。

这首儿歌通过一年之中十二个月的时序变化，将时节与传统文化和民俗生活之间的密切关联表现了出来，使儿童在吟唱之间增添了对于自然界和日常生活的认识和了解。时序歌易记易诵的韵文形式，除了承担语言游戏的功能外，也能够帮助幼儿观察、了解自然景物、农事活动、民俗生活等的岁时更替。

（五）连锁调

连锁调是一种歌行之间首尾相接的歌谣形式。连锁调中，前后句子之间如同链环般环环相连，通常每一歌行末尾的一个词，正好是下一行开头的那个词，这样首尾相衔，直至结束。

我们看这首《排排坐》：

排排坐，吃果果。

果果香，吃干姜。

干姜辣，吃枇杷。

枇杷苦，吃豆腐。

豆腐烂，吃鸡蛋。

鸡蛋圆，吃龙眼。

龙眼好，吃甘草。

甘草凉，吃腊肠。

腊肠香，吃高粱。

高粱细，吃荔枝。

荔枝红，吃沙虫。

沙虫甜，好过年。

年热闹，放鞭炮。

"连锁"的特征在这首歌谣中一目了然。与其他形式的传统歌谣相比，连锁调并非一韵到底，而是随着尾词的变化随时换韵，其声韵效果显得更为活泼。至于连锁调的前后歌行间，主要是依音韵的"连锁"关系衔接在一起，有时并无意义方面的逻辑考虑。但正因如此，倒使连锁调带上了某种不受常规限制的词语和意义游戏的性质。

（六）问答歌

问答歌是以一问一答或连问连答的方式形成韵文的一种歌谣形式。传统儿歌中的大量问答歌，原本其实是一种民谣，但它以韵文形式编织的生动的问答游戏，在过去和今天都受到了孩子们的青睐。

例如这首《谁会飞》：

谁会飞？

　　鸟会飞。

鸟儿怎样飞？

　　扑扑翅膀去又回。

谁会游？

鱼会游。

鱼儿怎样游？

摇摇尾巴调调头。

谁会跑？

马会跑。

马儿怎样跑？

四脚离地身不摇。

谁会爬？

虫会爬。

虫儿怎样爬？

许多脚儿慢慢爬。

许多传统的问答歌本是民间的即兴创作，歌中互问互答的游戏，同时也是对歌者智慧的考验。与此相应地，问答歌中的所问所答，涉及的也都是普通人生活中最常见的事物，从不卖弄生僻的知识。这使得问答歌中的“考验”显得格外亲切而朴素，也是这类歌谣受到年幼孩子喜爱的原因之一。

（七）颠倒歌

颠倒歌是一类有意将现实生活中的事物逻辑、关系等加以颠倒或互换的歌谣形式。比如这首《颠倒歌》：

倒唱歌，顺唱歌，

河里石头跳上坡，

凳子爬上壁。

灯草打破锅。

爸爸娶亲我打锣，

妈妈出嫁我抬盒，

我走舅父门前过，

看见舅父摇外婆；

外婆只知哇哇哭，

舅父忙得叫我买糖哄外婆。

这首颠倒歌把正常的空间、位置、运动方式、长幼秩序等逻辑加以互换，造成了一种荒诞的趣味。通过改变人们习以为常的词语搭配和修饰关系，颠倒歌创造了一种不无滑稽的语言游戏。过去，人们也运用颠倒歌的"颠倒"隐喻，来讽刺现实中有悖正理的社会状态。

（八）绕口令

绕口令也称急口令或拗口令，是利用字、词之间语音上的相近关系编织韵文、营造趣味的传统儿歌形式。

比如这首《酒换油》：

> 一葫芦酒九两六，
> 一葫芦油六两九，
> 六两九的油，
> 要换九两六的酒，
> 九两六的酒，
> 不换六两九的油。

相近声韵字词间的重复缠绕，造成了绕口令吟诵的难度。要把上面这首"酒""九""六""油"的绕口令念得平直快顺而又字正腔圆，殊非易事。绕口令的趣味也正在于此，它的挑战性和考验性使它有些类似古老的猜谜游戏。孩子读绕口令，还可训练唇舌，辨清字音，锻炼自己的思维和反应能力。

二、创作儿歌

与集体性的传统儿歌不同，创作儿歌是由儿童文学作家专为孩子创作的儿歌作品。也就是说，它是一种自觉的儿歌文体。创作儿歌继承了传统儿歌的一些基本形式特点，包括语言简白、声韵整齐等。

我们来看谢采筏的两首创作儿歌：

水 仙	洋 葱
水仙娃，	好笑好笑，
顶呱呱。	脱衣睡觉。
大冷天，	脱了八套，
光脚丫。	还有八套。
喝清水，	脱了半天，
开白花。	还没脱掉。

两首儿歌分别以水仙和洋葱两种常见的植物为题，用简单朴素而富于节奏感的歌行，形象地勾勒出它们的习性或特征，读来朗朗上口，又颇有妙趣。

一些创作儿歌也借用了传统儿歌的特殊体式。比如这首金波的《野牵牛》：

> 野牵牛，爬高楼，
> 高楼高，爬树梢，
> 树梢长，爬东墙，
> 东墙滑，爬篱笆，
> 篱笆细，不敢爬，
> 躺在地上吹喇叭：
> 呜哇呜哇呜呜哇！

儿歌运用了连锁调的歌谣形式，歌行间上下"连锁"，自由转韵，其声韵、意象、用词等，也体现出传统歌谣质朴、活泼的美感。

创作儿歌继承和发挥了传统儿歌的形式及语言韵味，但很多时候，其艺术面貌和审美趣味又与传统儿歌有所区别。与来自民间文学的传统儿歌相比，创作儿歌都有自觉、明确的儿童读者意识，也更注重对现代童年视角、生活及情趣的表现。比如徐焕云的儿歌《摘樱桃》：

> 樱桃树，
> 弯弯腰，
> 樱桃熟了，
> 摇摇摇。
>
> 爷爷摘，
> 孙儿摘，
> 留下几颗，
> 喂小鸟。

儿歌中有关樱桃成熟了、祖孙摘樱桃以及"留下几颗，喂小鸟"的场景和情绪描写，呈现的乃是一种纯真的童稚视角和一份可爱的童年趣味。歌谣最末两行流露出的那份天然的童心与善意，无疑也是属于现代儿童文学的独特审美精神。在当代，优秀的创作儿歌正是以天然、清新、生动的歌谣语言，吟唱着童年那天真、单纯、活泼的生活世界与生命情味。

第八章 幼儿诗

幼儿诗是对于适合幼儿听读欣赏的诗歌作品的统称，它是儿童诗的其中一个分支。我们可以把儿童诗中那一部分适合低幼儿童接受能力的诗歌划入幼儿诗的范畴。由于幼儿读者的阅读能力并不存在绝对的年龄界限，因此，他们对于儿童诗的接受也不存在一个固定的年龄上限，很多时候，幼儿也可以在成人的朗读帮助下"阅读"许多写给学龄儿童的诗歌。这样，判断一首儿童诗是否适合幼儿阅读，就要依赖于我们从幼儿文学的标准出发对诗歌所做的艺术判断。

一、幼儿诗的概念

幼儿诗是儿童诗的其中一类。儿童诗是以诗的形式来表现儿童周围的世界、儿童的生活内容、情感体验等的文体，当这些诗歌的形式及其所表达的内容在幼儿的接受能力之内时，我们就可以将它纳入到幼儿诗的范围。

幼儿诗在声韵特点上介于儿歌和一般儿童诗之间。与儿歌相比，幼儿诗并不必然要讲究诗行形式和声音格律上完全的齐整划一，而与一般儿童诗相比，幼儿诗又具有更为鲜明的声韵特点。

我们来看下面这首幼儿诗：

我给小鸡起名字

任溶溶

一、二、三、四、五、六、七，
妈妈买来七只鸡，
我给小鸡起名字，
小一，
　小二，
　　小三，
　　　小四，
　　　　小五，
　　　　　小六，
　　　　　　小七。

它们一下都走散，
一只东来一只西，
于是再也认不出，
谁是小七，
　　小六，
　　　小五，

小四，

小三，

小二，

小一。

这首诗歌所表现的是幼儿日常生活中的某个片段。与一般的童谣和儿歌相比，这首诗在声韵格式方面体现了更为自由的创造空间。诗歌分为两个部分，每一部分前三行都是七字，从第四行开始不但改换了字数，每一行的形式也大多由完整的句子转变成了单个的词语。此外，两个部分前三行虽然字数相同，但在句式结构上却各不相同，读上去更像是日常生活的语言，而不同于节律分明的吟唱。

但与此同时，这首诗在声韵上又不像一般诗歌那样自由。一方面，它的诗行长短和结构尽管有所变化，但总体上仍然遵循着较为严整的声韵规律，其前后两个部分有着基本一致的结构模式，也十分注重诗行内外的押韵。例如，"一，二，三，四，五，六，七，／妈妈买来七只鸡，／我给小鸡起名字"，这三个诗行间不仅存在句尾韵脚上的声韵关联，而且这种关联也隐藏在诗行中间，比如第一句的"一""四""七"，第二句的"七""只""鸡"，第三句的"鸡""起""字"之间，都形成了一种广义上的押韵关系。它们使得诗行的句式结构尽管各不相同，但读起来仍然朗朗上口，十分便于幼儿记忆诵读。

幼儿诗的语言需要充分考虑低幼儿童的语言能力，尽量使用幼儿所理解、熟悉的简单字词和句式，避免对幼儿来说含义过于抽象、深奥的词语以及结构冗长的诗行。与此相应地，幼儿诗也很少动用一些过于讲究技巧的诗歌技法。在某种程度上，我们可以说幼儿诗是最不讲究形式技法的一类诗歌，一般诗歌（包括较高年龄段的儿童诗）中常用的语言和意象的陌生化手法，以及意象组织的蒙太奇手法，在这类儿童诗中是看不到的，因为对于语言能力刚刚开始形成的幼儿来说，这样的技巧反而会阻碍他们对诗歌的理解接受。

因此，幼儿诗特别讲究一首诗前后诗行之间的意义连贯性，以及诗行内字词之间的前后连贯性。许多幼儿诗的前后诗行之间，在意义上是循序渐进的，而不是前后跳跃的。如果我们把一首幼儿诗的分行去掉，它常常也是一则短小流畅的幼儿散文或故事。

不过，幼儿诗也是孩子最早开始接触的一种较为精致的语言体式，与幼儿生活中的日常语言相比，幼儿诗体现了一种更具匠心的语言上的打磨。除了讲究声韵的节律之外，这些诗歌常常通过比喻、拟人、对仗、排比、反复等各种修辞手法，来增强诗的表现能力。需要指出的是，在运用这些手法时，幼儿诗最注重的并非语言形式的雕琢，而是通过这些形式更好地传达表现对象的童真童趣。

二、幼儿诗的分类

根据表现内容的不同，幼儿诗主要包括咏物诗、抒情诗、叙事诗和游戏诗四种类型。

（一）幼儿咏物诗。

幼儿咏物诗是最为常见的一类幼儿诗，它以特定的自然或生活事物为表现对象。由于幼儿正处于认识世界的初级阶段，因此，以特定认识事物为对象的咏物诗成为了幼儿诗中一个数量庞大的种类。这类幼儿诗所表现的对象，大多是与幼儿日常生活直接相关的事物或现象，例如幼儿生活中常见的动物、植物、器物、自然现象、生活场景等。这类诗歌的最大特点在于，它们总是善于抓住幼儿特有的观察视角和想象方式，来表现认识对象的特殊性。比如《小雨点》（樊发稼）一诗："小雨点，/你真勇敢！/从那么高的天上跳下来，/一点儿也不疼吗？"这首诗用拟人的方式来表现"勇敢"的"小雨点"，在写物的同时，也写出了自然现象在孩子眼中的诗意。

与讲究形式感的儿歌相比，幼儿诗在语言运用上显得更为自如，其表现力也更为丰富。幼儿诗中大量简白有趣的比喻和拟人修辞，能够将一些抽象的生活对象形象地展现在孩子面前。例如《春妈妈》（黎焕颐）一诗："春，是花的妈妈。/红的花，蓝的花，/张开小小的嘴巴，/春妈妈/用雨点喂她……"诗歌将春天和春天里开放的花朵拟人化了，将春天称为"花的妈妈"，这样，当花儿在春雨中绽开她的花苞时，那个原本看不见、摸不着的"春天"的形象，便生动地展现在了幼儿的面前。

（二）幼儿抒情诗。

幼儿诗是孩子最早接触的诗体作品，与格律整齐的儿歌相比，幼儿诗相对自由的体式使它能够传达更为丰富、复杂、微妙的情感，而它作为诗的身份，也使它能够以富于美感并相对精炼的语言来传达这些情感。比如金波的《如果我是一片雪花》："如果我是一片雪花，/我飘落到什么地方去呢？/飘到小河里，/变成一滴水，和小鱼小虾游戏？/飘到广场上，/去堆胖雪人，/望着你笑眯眯？/我飘落在妈妈的脸上，/亲亲她，/然后就快乐地融化。"诗歌所表达的是一个年幼孩子对妈妈天真的依恋和爱。通过"飘落的雪花"的意象，通过两次"变化"假设的铺垫，诗歌不着一词地将这份依恋和爱自然而又充分地揭示了出来。

值得指出的是，幼儿诗很少处理抽象的情感内容。如果一首写给幼儿的童诗试图传达一种微妙的情感，它常常要借助于那些幼儿所熟悉的事物或事件的意象。比如林良的《蘑菇》："蘑菇是/寂寞的小亭子。/只有雨天/青蛙才来躲雨。/晴天青蛙走了，/亭子里冷冷清清。"这首简单短小的诗歌中萦绕着一份特殊的孤独感，每一个害怕孤单的孩子心里都藏着它的影子。小诗中，通过"寂寞的蘑菇"的意象，这份童年期特有的、常常被忽视的孤独感觉得到了悄无声息而又贴切传神的书写。再比如林武宪的《鞋》："我回家，把鞋脱下，/姐姐回家，把鞋脱下，/哥哥、爸爸回家，/也都把鞋脱下。/大大小小的鞋，/是一家人，/依偎在一起，/说着一天的见闻。/大大小小的鞋，/就像大大小小的船，/回到安静的港湾，/享受家的温暖。"这首诗看似写"鞋"，其实是写"家"和"家"的温暖，读着"大大小小的鞋"像"一家人"一样"依偎在一起"的情景，我们心头泛起的是对于那个港湾般的"家"的无比温暖的眷恋。从这个意义上说，许多幼儿抒情诗常常与咏物诗结合在一起，在描绘对象的同时，自然地传达出一种幼儿日常生活的情感体验。这些美好的情感生长在孩子们的心里，但并不是每一个孩子都能充分感受到它的存在，而优秀的幼儿诗能够以诗的语言，来唤醒和培育孩子们心中审美情感的嫩芽。

（三）幼儿叙事诗。

幼儿叙事诗是以诗的形式呈现一个相对完整的叙事过程的幼儿诗，其叙述对象既可以是幼儿日常生活的内容，也可以是一个虚构的故事。例如楼飞甫的《小安买蟹》，讲述了这么一个富于喜剧性的生活事件：小安照妈妈吩咐去集市上买螃蟹回来做菜，却被路边的棋局吸引，为了既不耽误看棋，又不耽误给妈妈送螃蟹，他放出了桶里的螃蟹，让它们自己爬回家，并请它们转告妈妈，"我看一会儿棋就回家"，结果可想而知。诗歌以夸张的手法，讲述了一个幽默的儿童生活故事。再如鲁兵的童话诗《小老虎逛马路》，全诗共由四十四个诗行构成，讲述了一只小老虎从马戏团的笼子里跑到街上后惹来的麻烦。诗歌采用小老虎的视角，以浅近简单而又节奏整齐的日常口语来叙述整个故事，从小老虎发现"笼子坏了一根小铁柱"开始，讲他"穿过小胡同"，"来到大马路"，引来了一大群围观的人们，又招来了警察、大夫、记者，最后被驯兽员领回马戏团的过程。全诗其实也是一则诗体样式的小童话。此外如苏联诗人马尔夏克的诗作《笨耗子的故事》，也是采用童话叙事的幼儿诗歌。

（四）幼儿游戏诗。

幼儿游戏诗是将诗的形式与幼儿游戏结合在一起的幼儿诗，它常常被用作幼儿游戏的素材。例如柯岩的游戏诗《红灯、绿灯和警察叔叔》，以童话的手法表现了发生在马路上的一场小意外：由于"神气的红灯"始终不愿意"闭上眼睛"，人们不能通行，马路上乱成了一团，直到警察叔叔出来重新维持秩序，也使红灯认识并改正了自己的错误。这是一首配合幼儿游戏扮演的诗歌，诗中的红灯、绿灯、警察叔叔以及各种车子的角色，都需要分派给幼儿来扮演。这类诗歌也可以视为诗体形式的幼儿戏剧，它与一般幼儿戏剧的不同在于，整个游戏过程中的语言都以诗的形式呈现，因而从文本形态来看，它更像是一首叙事诗。

三、幼儿诗的艺术特征

幼儿诗的艺术特征，主要体现在它的诗歌语言、意象、想象和情味四个方面。

（一）简洁明快的语言韵律。

如前所述，幼儿诗在语言和声韵上通常比儿歌自由，但与一般儿童诗相比，又比较讲究形式上的整齐感。不过，无论一首幼儿诗的外在语言形式偏重的是自由还是整齐的格律，其诗歌语言在总体上都体现了一种幼儿诗所特有的简洁明快的韵律。比如刘饶民的《春雨》："滴答，滴答，/下小雨啦！/种子说：/'下吧，下吧，我要发芽。'/梨树说：/'下吧，下吧，我要开花。'/麦苗说：/'下吧，下吧，我要长大。'/小朋友说：/'下吧，下吧，我要种瓜。'/滴答，滴答，/下小雨啦！"诗歌以四字短句的交错排比为主，其间有规律地穿插入"××说"的三字句式，全诗看上去结构整齐，韵脚分明，很具有形式上的韵律感。

相比之下，姜华的《向日葵》在语言和结构形式上更显自由："每一个花瓣下/都藏着一个小娃娃/一盘向日葵/是一个幼儿园/幼儿园的孩子/喜欢和太阳公公说话/太阳公公走到哪儿/他们就追到哪儿/追着太阳公公/不停地说呀讲呀"全诗并不讲究上下诗行之间长度、结构的统一，甚至每个诗行的形式面貌都各不相同，但它们简单的句式体现了另一种日常口语式的明快节奏，对幼儿来说，这也是令他们感到格外亲切和熟悉的一种韵律。

（二）生动可感的诗歌意象。

幼儿诗是诗，它也要动用对诗歌来说至为重要的意象，来表现诗的情趣和意味。不过与一般的儿童诗相比，幼儿诗在意象的设计上更加注重它与幼儿现实生活的直接关联，注重其生动可感的特征。这里的生动，并不仅仅是指表现力强的意思，更是指诗歌意象的一种具体的形象化特征。比如盖尚铎的诗《白房子》："红房子，是小熊的家。/黄房子，是小鹿的家。/蓝房子，是斑马的家。/绿房子，是袋鼠的家。/雪花一跑来，/红房子，黄房子，/蓝房子，绿房子，/一座，一座，/都变成白房子。"作为这首诗歌中心意象的"房子"，是幼儿日常生活中十分熟悉的事物，它使得诗中涉及的色彩意象有了具体的依托，也通过"房子"的"变化"，将雪天的情趣生动地表现了出来。幼儿诗所需要的，正是这样生动可感的诗歌意象。本章前面提到的《假如我是一片雪花》《鞋》等幼儿诗，在诗歌意象的编织、运用上也都鲜明地体现了这一特点。

（三）充满童趣的艺术想象。

幼儿诗离不开想象，但它的想象不是漫无边际的空想，而是与幼儿时期特有的思维方式联系在一起，它表现为一种生动而又独特的童趣，这份童趣既贴近幼儿的寻常生活，又总能带给我们不同寻常的惊喜。

比如林焕彰的《拖地板》："帮妈妈洗地板，/是我们最高兴的时候；/姐姐洒水，/我在洒过水的地板上玩儿，/像在沙滩上走过来走过去，/留下很多脚印，/像留下很多鱼。/然后。我很起劲地拖地板；/从头到尾，像捕鱼一样，/一网打尽。"诗歌撷取了幼儿日常生活中一个很不起眼的片段，却通过充满童趣的想象，使这一生活片段变得独一无二，趣味盎然。诗歌中这个游戏的孩子，把洒过水的地板想象成沙滩，把自己的脚印想象成鱼，最后那个拖地板的"捕鱼"动作，充分地传达出了一种属于幼儿的天真童趣。可以说，对于幼儿生活中特殊的童趣内容的想象和发掘，是一首幼儿诗在艺术上实现创新的一个重要因素。

（四）单纯质朴的诗歌情味。

幼儿诗不刻意寻求表现宏大的情感题旨，而是从幼儿生活的寻常细节入手，来展示幼儿真实、有趣、动人的生活感觉、印象、体验等，它所追求的是一种单纯质朴的诗歌情味。但也正是因为幼儿诗对于童年单纯心性的贴近理解，它也常常能够从这份单纯中发掘出一份清浅天然的深意。比如谢武彰的这首诗《早·晚》："早上，我醒了。/妈妈，早安。/爸爸，早安。/太阳，早安。/晚上，我要睡了。/爸爸，晚安。/妈妈，晚安。/星星月亮，晚安。"诗歌所表现的是一个幼儿对于身边世界的最初致意，它不过是一声简单的"早安"和"晚安"。但是从"妈妈，早安""爸爸，早安"到"太阳，早安"，从"爸爸，晚安""妈妈，晚安"到"星星月亮，晚安"，诗歌将幼儿的生活世界自然而然地拓宽到了整个宇宙天地的范围，从而赋予了这份幼儿生活情感以开阔的诗意。这是独属于幼儿诗的一份单纯的深刻和质朴的宽广。

第九章 幼儿图画书

幼儿图画书是适合幼儿读者阅读、欣赏的一类图画书作品的总称。
今天，幼儿图画书正在成为当代低幼儿童的一类基础启蒙读物。

一、概念与分类

事实上，作为现代儿童文学史上一类新兴的晚近文体，图画书的主要读者对象即是年龄段偏低的幼儿群体。与文字类儿童文学作品相比，图画书的最大特点在于，它将图画作为一种特殊的话语符号吸纳到儿童文学的表意体系中，或者，更简单地说，它使图画成为了作品叙事表情的一个重要媒介。我们知道，文字作品的阅读必然包含了一个由抽象符号（文字）到具体形象（内涵）的转化过程，其前提是读者已经具备一定的识字能力。而在图画书中，由于图画本身是一种具有直观性的"语言"，即便尚未识字的幼儿，也能借助视觉直观读懂许多图画的意思，并从中领会意义，收获乐趣。现实生活中，我们常常可以见到这样的例子：年幼的孩子翻开一本图画书，虽然书中的字多半或全不认得，却可以顺着图画的指引说出大概的内容。在低幼儿童的阅读生活中，这正是图画书相对于文字书的优势。

人们对于画面直观在儿童早期阅读中所扮演的角色早有认识。在提供给儿童的各类读物中添加插图的做法，几乎与儿童读物的历史一样悠久。但一直要到20世纪中后期，伴随着现代图画书艺术面貌和表现手法的不断丰富，图画书作为一个独立、独特的现代儿童文学文体的身份，才逐渐得到人们的普遍认可。也是在这一过程中，幼儿图画书的观念从一般图画书中逐渐分化出来。关于这一幼儿文学文体类型及其艺术特征的认识，也在此进程中逐渐得到建构。

依其基本的创作意图和文本功能，幼儿图画书可分为两种典型的类型。

（一）知识类图画书。

知识类图画书是以促进幼儿知识习得为基本目的的一类图画书。它是幼儿图画书的一个重要门类，也体现了幼儿图画书有别于一般图画书的一个重要特征。这类图画书的兴起与幼儿日常生活中的知识学习需要紧密相关，其文字与画面内容均带有鲜明的幼儿知识启蒙性质。

依照知识内容的基本性质，知识类图画书主要可分为两类。

一是以日常生活知识为主要认知对象的图画书。这类图画书中常见的幼儿知识内容，包括数字、形状、色彩、文字（字母）及各类日常事物的名称等。许多知名的西方图画书作家都曾为幼儿读者创作字母认知类图画书，比如莫里斯·桑达克的《鳄鱼的聚会》、苏斯博士的《苏斯博士的 ABC》等，均为此类读物中的经典。瑞典图画书作家莫妮克·弗利克斯以小老鼠为主角的系列无字书作品，也包含了字母、数字、颜色等幼儿日常生活知识的学习意图。随着幼儿读者年龄段的上升，幼儿图画书所关注和呈现的生活知识也会不断拓展。比如英国图画书《各种各样的家：超级家庭大书》（玛丽·霍夫曼/文，罗丝·阿斯奎思/图）所传达的"家"这一生活概念的多维内涵，针对的显然是年龄稍长的幼儿读者。

◇《图画中见到的世界》封面

二是以儿童科普知识为主要认知对象的图画书。这类图画书也是当代幼儿科普读物的一种重要形态，其传统或许可以追溯至捷克教育家夸美纽斯出版于 1658 年的《图画中见到的世界》，该书以图文并茂的形式为孩子讲解百科知识，在某种程度上开创了科普类图画读物的先河。在当代，知识类图画书已经成为幼儿科普阅读和学习的一个重要载体，代表作品如法国知名的系列科普图画书"第一次发现"丛书。

依照知识内容的呈现方式，知识类图画书又有两种基本的类型。

一类是以较为松散的顺序逻辑呈现特定的知识内容，开展特定的认知训练。比如英国图画书作家艾瑞·卡尔创作的"我的第一本书"系列，其中《颜色》《形状》《数字》《单词》等册，结合画面与文字的上下搭配游戏，旨在培养和促进幼儿对于一些日常生活基础知识的把握。该书前后内容除了隶

◇《字母》插图

属相近的知识条目，彼此并不存在特别细密的逻辑联系。很多时候，这类图画书更接近广义的插图读物。

另一类是以相对连贯的叙述线索串联起特定的知识内容。比如莫妮克·弗利克斯的《字母》（"小老鼠无字书"之一），原是西方儿童读物中常见的字母认知类读物，但作者以小老鼠的前后活动串起了从 A 到 Z 的 26 个字母。只见空白的纸面上，一只小老鼠一手扶腰，一手挠头，显然正思忖着干些什么好。很快，它在光洁的纸面上咬出一个洞，钻了进去。随着啃咬的继续，从纸洞里先后抛出来印有不同大写字母的小碎纸片，参差的边缘说明了它们显然是小老鼠啃咬劳动的成果。不久，我们的主角叼着余下的一叠字母，也从洞里钻了出来。这时候，从纸洞口钻出来另一只小老鼠，它的手上捧着一叠写有小写字母的碎纸片，也加入了故事角色的行列。两只老鼠克服困难，齐心合作，依照顺序排出了大小写英文字母表，这才满足地依偎在纸洞里睡着了。在这本图画书里，因为有了小老鼠这一充满游戏性的叙述线索的介入，原本抽象的字母知识变得充满了新鲜的趣味。

（二）故事类图画书。

故事类图画书是以面向幼儿的故事讲述为基本目的的一类图画书。与知识类图画书相比，这类图画书更关注故事本身的形态和趣味在图画书艺术中的首要位置。比如图画书《好饿的小蛇》（宫西达也 文/图），以图文配合的方式讲述了一个荒诞有趣的故事。好饿的小蛇出门去散步，看见什么就吞下什么。

◇《好饿的小蛇》封面

六天里，它先后吞掉了一个圆圆的苹果、一根黄色的香蕉、一个三角形的饭团、一串紫色的葡萄、一个带刺的菠萝以及一棵结满红苹果的树。画面上，小蛇的身形随着这些"食物"的吞入不断发生夸张的变化。从第一次吞食开始，这一系列变化的逻辑既在读者的预料之内，又总有那么一些细节超出了我们的想象，由此带来了阅读的重重惊喜。这本图画书中的夸张和滑稽，展示的是童年故事纯粹的想象和欢乐情味，它代表了故事类图画书的一种典型形态。在这类作品中，故事的想象力和趣味性得到了淋漓的展示，但你很难说在这种想象和趣味之外，作品还有什么别的表达目的。《戴高帽的猫》（苏斯博士 文/图）、《疯狂星期二》（大卫·威斯纳 文/图）等经典图画书，都属于这类纯以图文合作的故事趣味取胜的作品。

　　然而，我们同时也要知道，故事的形态和趣味是多种多样的。图画书的故事除了展示自由无羁的童年想象力，也常包含了更多的表达意图，其中最常见的是面向幼儿的教育意图。比如"漂流瓶绘本馆"中的图画书《勇敢的本》（马蒂尔德·斯坦/文，米斯·范·胡特/图），讲述了小男孩本寻找勇气的故事。为了实现让自己变得勇敢的愿望，本不得不独自穿越可怕的森林去求见魔法树，尽管那里有着许多足以让他感到恐惧的事物：凶猛的火龙、巨大的蜘蛛、邪恶的女巫、可怕的骷髅……而当本鼓起勇气克服恐惧，最

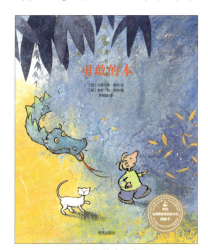

◇《勇敢的本》封面

终来到魔法树的面前时，就在这一刻，他已经成为了自己期望中的那个"勇敢的本"。对于生活中受到同类困扰的许多幼儿来说，本的故事会让他们懂得从另一个角度看待生活中那些令他们胆怯的事物，也会帮助他们认识真正的"勇气"究竟从何而来。

　　当然，任何故事类图画书的核心首先是故事，它的各种教育的意图，总是贴切地融化在生动、统一、趣味十足的故事里。

我们很容易注意到,在知识类图画书与故事类图画书之间,有一个广阔的交叉地带。一方面,不少知识类图画书是以故事的形式来向幼儿介绍特定的知识对象,另一方面,故事类图画书中也常含有一定的幼儿知识教授意图。前者如前文提到的莫妮克的"小老鼠无字书"系列。后者如李欧·李奥尼的《小

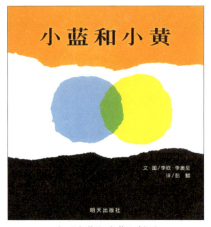

◇《小蓝和小黄》封面

蓝和小黄》。故事里的"小蓝"和"小黄"在画面上呈现为两个小圆色块,一个是蓝色的,另一个是黄色的。小蓝和小黄是一对好朋友,有一天见了面,他们开心地拥抱在一起,结果同时变成了绿色。回到家,它们的爸爸妈妈都认不出自己的孩子了,直到小蓝和小黄重新变回原来的颜色。蓝爸爸和蓝妈妈高兴地拥抱了小蓝,也拥抱了小黄,很快发现自己的身体开始变绿。他们由此明白了小蓝和小黄变绿的"秘密"。得知这个"秘密"后,所有的人们(也就是各种各样的色块)都开始"高兴地互相拥抱"。这个故事包含了向孩子解释色谱知识的意图,但作家巧妙地从这一客观知识出发,将它演绎成了一则温暖有趣的童年生活故事。

虽然在幼儿图画书的总类下,知识类图画书与故事类图画书时有交叉,但大多数时候,我们还是可以从一本图画书的主要风格和创作意图来判断它所属的基本类型。当然,这种判断的最终目的不是为了僵化的归类,而是为了以更合适的方式将它们运用于幼儿阅读指导的实践。

二、文本构成与功能

与一般图画书一样，一本幼儿图画书主要由以下部分构成。

（一）封面和封底。

幼儿图画书的封面是幼儿读者与图画书相遇的"门户"。一般说来，从封面上可以见出一本幼儿图画书的基本风格、主要角色等信息。由于这些内容在很大程度上是以画图形态得到呈现的，幼儿虽然尚未识字或识字不多，却可以凭借直观的画面语言对图画书的风格、基调做出直觉的判断。如果你把若干图画书同时放在一个幼儿读者面前，你会发现，他（她）能从封面的感觉来判断、挑选符合自己口味的作品。因此，对于幼儿读者来说，在翻开一本图画书之前，封面其实已经是他们阅读的起点。

幼儿图画书的封底是我们结束一本图画书的阅读旅程的终点。值得一提的是，除了装饰性的插图外，有的时候，封底还承担了独特而重要的叙事补充功能。比如日本图画书《鼠小弟的小背心》（中江嘉男/文 上野纪子/图）。故事里的鼠小弟有一件漂亮的小背心，它穿着可真神气。于是，大伙儿都想借小背心来穿一

◇《鼠小弟的小背心》封面

穿。随着鸭子、猴子、海狮、狮子、大马、大象的先后出场，小背心给撑得越来越大，最后，鼠小弟只能拖着已经变得又长又大的背心，伤心地走向画面的一角。正文就结束在这一有点伤感的场景上。但故事到这里却还没有结束，请你注意封底中央的那幅小画：在这里，撑大的红色小背心成了挂在大象长

◇《鼠小弟的小背心》版权页

鼻子上的一架秋千,而原本伤心的鼠小弟正坐在这独一无二的秋千架上,享受游戏的快意。这才是整个鼠小弟故事真正的结局,它是友善的,欢乐的,温暖的,体现了幼儿文学应有的情感和精神风貌。所以,在阅读幼儿图画书时,不应忽略、错过封底可能的内容和意义。

（二）前后环衬。

幼儿图画书的前环衬和后环衬,分别是指图画书的封面、封底与内页部分相连接的两个大衬页,因其展开时状若蝶翼,又称蝴蝶页。环衬通常的作用,一是保护书芯,二是牢固书芯与封壳的连接。图画书充分利用并开发了这一区域的创造空间。幼儿图画书的环衬大多不采用空白的形式,而是通过与文本内容相关的各式图案,构成对故事及其氛围的一种渲染和呼应。比如安东尼·布朗的图画书《我爸爸》,环衬部分正是故事里爸爸睡衣的图案,它所传递的那份温暖、柔软、明亮的感觉,正与整个故事的情绪氛围相衬。

有的环衬还会参与故事的讲述。比如《好饿的小蛇》的前后环衬,绘出的便是整个故事必不可少的情节内容。前环衬中,好饿的小蛇正游走在一片树林里,如果你注意的话,会发现林间独有一株结着红苹果的

◇《好饿的小蛇》前环衬

树。而在后环衬上,小蛇与树林的场景再次出现,只是那棵结满苹果的树已经连枝带叶被小蛇"吞"掉,只剩一截树桩。这样,前后环衬实际上道出了小蛇的基本活动区域,也使故事首尾呼应,结构上更为紧密统一。

（三）扉页和版权页。

扉页是位于图画书前环衬之后、正文之前的单页,印有图画书的书名、文图作者、译者和出版机构信息。图画书的扉页除了文字,通常也配有插图,或是从正文中截取出来的某个形象、场景,或是单独设计的一帧相关画面,其作用包括预告故事、渲染氛围、增添趣味等。

◇《团圆》扉页

版权页是图画书中印有本书详细版权信息的书页。版权页的位置常依图画书的不同排版而灵活处理，有时安排在前环衬与扉页之间，有时在扉页与正文之间，有时则在书末后环衬之前。

（四）正文。

幼儿图画书的正文是整本图画书的主体部分，它是由文字与画面合作完成的一个完整叙述过程。以艾瑞·卡尔的图画书《好饿的毛毛虫》为例，其正文部分起始于一个毛毛虫卵的出现和孵化，结束于毛毛虫破茧而出，化成美丽的蝴蝶，首尾构成一个完整的故事。在幼儿图画书的亲子共读和阅读指导中，正文也是我们关注、赏析的重点。

◇《好饿的毛毛虫》内页

了解幼儿图画书的文本构成及其各部分的基本功能，有助于我们完整地认识图画书作品的基本面貌，进而更好地开展图画书的阅读活动。

三、幼儿图画书的一般艺术特点

针对幼儿读者的接受特征，在幼儿图画书的当代发展进程中，这一文体逐渐发展出了若干带有普遍性的艺术特点。

（一）语言简白，结构分明。

由于图画书一般是由图画和文字共同参与艺术表达的一种文体，因此，当我们谈论图画书的"语言"时，这里的语言既包括文字语言，也包括画面语言。

考虑到幼儿读者的语言能力和理解能力，幼儿图画书的文字语言在词汇、句式、修辞表达等方面都比较简白，力求接近幼儿日常生活的表达水平和理解水平。其画面语言则与文字语言一样，大多构形清楚，色彩分明。比如前面提到的《小蓝和小黄》，各页文字部分均为浅白的用词和简单的短句，如"这是小蓝"，"小蓝有好多朋友"，"小黄就住在街对面"。对应的画面中，纯色布景上的大小色块，一下子就抓住了幼儿的注意力，也清晰地表明了相关角色的身份及其相互关系。

幼儿图画书的文本在整体上同样表现出清晰、简明的结构特征。它总是遵循明晰可辨的叙述线索，并形成了若干稳定的、模式化的叙述结构。这其中，句式、情节、构图等的有规律的重复和变化，是幼儿图画书中常见的一种艺术手法。如《和甘伯伯去游河》（约翰·伯宁翰 文/图），开场介绍

了甘伯伯和他的船，紧接着便进入了幼儿图画书的一类典型叙述模式：孩子们想上船，甘伯伯答应了，提了一个要求；猫想上船，甘伯伯答应了，也提了一个要求；狗想上船，甘伯伯答应了，又提了一个要求……文字部分以有规律的语言和句式持续推进情节，画面部分则以有规律的构图方式配合叙事，这样回环往复，逐渐叠加。

◇《和甘伯伯去游河》封面

对幼儿读者而言，这类有变化的重复带来了多重审美意义。首先，它提供了一种稳定的故事结构和阅读期待，从而使幼儿读者能够顺利进入和跟上故事的节奏。其次，它的重复中的小小变化，使得每一片段的阅读对幼儿来说不是简单的重复温习和记忆，而是包含了新的吸收和学习。再次，随着上述重复和变化的叠加，故事的气氛在不断上扬，情绪也在不断膨胀，从而生动地铺垫和烘托了那个"翻船"的结果。对于阅读图画书的幼儿来说，这就像看

着一个不断吹涨的气球终于"砰"的一声，爆炸开来，它所带来的期待落实的快感和模式坍塌的欢乐，激发、迎合了幼儿独特的幽默感觉。

（二）情感清浅，趣味单纯。

幼儿图画书所表达的情感和趣味需要充分考虑幼儿感受力、理解力的水平。一般说来，幼儿图画书关注和处理的是幼儿的日常生活、心理与情感内容，其中最常见的主题包括幼年时代的亲情、友情以及日常境况下的各种情绪体验，包括快乐、温暖等积极情绪以及孤独、害怕等负面情绪。不论幼儿图画书选取的是何种表现对象，它总是以幼儿读者易于理解的清浅方式得到表达，并且呈现为一种单纯的审美趣味。

比如图画书《猜猜我有多爱你》（山姆·麦克布雷尼/文 安妮塔·婕朗/图），书写的是幼儿文学中最常见的亲子之爱的主题。故事讲述了发生在大兔子和小兔子之间的一场睡前对话。在对话中，小兔子"发明"了各式各样的比喻来表达它对大兔子的爱："我的手举得有多高，我就有多爱你。""我跳得多高，就有多爱你！"大兔子也用同样的比喻来回应小兔子的爱："我的手举得有多高，我就有多爱你。""我

◇《猜猜我有多爱你》封面

跳得多高，就有多爱你！"当然，每次他总能胜过小兔子。在读者十分熟悉的回环有序的情节推进中，我们等来了那个最终的"惊喜"——小兔子说："我爱你一直到月亮那里。"大兔子回答："哦，这真是很远，非常非常的远。"原本齐整的对答模式看似被打破了，但这只是一个小小的停顿，当小兔子安然睡去，大兔子继续轻语："我爱你，从这里一直到月亮那里，再从月亮上回到这里来。"孩子与父母之间的爱是幼儿最熟悉的一种生活情感，也是他们学着感受和领会一切爱的情感的源头。作者别出心裁地以一场爱的表达的"竞争"，来传递与"竞争"一词隐含的唯我情感正好相反的忘我之爱。不论在文字里还是画面中，大兔子和小兔子之间的"竞争"都充满了温暖、欢

乐的游戏色彩，透过他们的语言和动作，孩子们能够生动地体会到洋溢在父子间的那份浓烈的情感。事实上，这也是许多孩子每天都在体验的情感。

优秀的幼儿图画书总是善于从清浅的情感和单纯的趣味中发掘、建构属于幼儿文学的独特审美妙趣。相比于《猜猜我有多爱你》，《鳄鱼怕怕 牙医怕怕》传递出的情感，就像这本图画书的总体色调一样，透着些许沉暗的气息。画面上那个怀揣忐忑无奈地前往牙医诊所就诊的鳄鱼，在它的形象之上，寄托着幼儿在日常生活中经常体验到的各类恐惧情绪的影子。不过，在作者的安排设计下，这份恐惧在得到书写的同时，也被巧妙地喜剧化了。故事里，不但鳄鱼害怕看见牙医，牙医也害怕看见鳄鱼，两者恐惧的原因不尽相同，对于恐惧的体味却是如此相近。于是，恐惧主体同时成了引起其他主体恐惧的对象，反过来，造成恐惧的对象同时也是承受恐惧的主体，两者的交会碰撞擦出了喜剧幽默的奇异火花。这样，这本图画书在书写幼儿日常生活中的消极情绪的同时，也以幽默特有的力量，教给了孩子面对这种情绪的勇气。

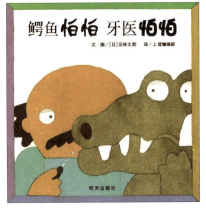

◇《鳄鱼怕怕 牙医怕怕》封面

因此，在优秀的幼儿图画书中，清浅的情感并不浅薄，单纯的趣味也并不简单。在它的清浅的情感和单纯的趣味中，包含着十分丰富的审美内涵。

（三）审美教育中的实用考虑。

幼儿图画书作为幼儿文学的一个重要文体，首先需要强调的是它的审美性质和审美功能。也就是说，它是作为一种审美对象而非任何其它对象（比如教育的工具或手段），在文学的谱系中获得并确立其基本的艺术身份的。如果说教育性是幼儿文学的一个重要属性，那么，它首先应该是一种广义的审美教育，是以审美的方式得到表达和传递的精神培育与熏陶。这就要求幼儿图画书的创作必须充分认识、理解幼儿文学及其类下该文体的独特审美表达方式与内涵，并使之在具体作品中得到落实。

但与此同时，幼儿图画书的审美世界也常常与幼儿生活需要的实用考虑紧密结合在一起。这一特点同样是由幼儿读者的特性决定的。在这些以蹒跚的步态初入世界的孩子面前，许多看来简单的事情和习成的常规，都有可能成为他们向前迈步的障碍，也都需要他们全力以赴的适应和学习。在这一现实的需要面前，图文结合、生动有趣的幼儿图画书越来越成为了帮助和指引幼儿应对各类生活实用问题的基本途径。比如前文分析到的《鳄鱼怕怕 牙医怕怕》，在整个故事的情节已经收尾之后，作者又额外添上了一个画页。页面的左侧，只见鳄鱼手持牙膏牙刷，向着小读者说道："所以，我一定不要忘记刷牙。"画面右侧，牙医伸出的手臂正指向鳄鱼，对应的文字写道："所以，你一定不要忘记刷牙。"显然，这一页面的设计旨在向幼儿读者明确故事的寓意之一：日常生活中应该养成"刷牙"的好习惯。尽管从故事本身的整体性看，这一尾页的添加似显累赘，但对于幼儿来说，这一明确的"提醒"恰能起到直接的生活教育和指导作用。我们必须承认，在幼儿的阅读生活中，这一基于审美表现的实用功能考虑，同样有着非常重要的现实意义。

因此，许多幼儿图画书在探索图文合作的叙述艺术的同时，都有意于帮助幼儿处理日常生活中的各式"难题"。比如图画书《我要小马桶》（托尼·罗斯 文/图）中，小公主先是害怕小马桶，但在王后的指令下不得不学会用它，后来自己也喜欢上了小马桶，这一过程的表现就向许多处于同一生活学习阶段的幼儿传递了一个积极的榜样。当然，即便有了小马桶，有时也会发生"来不及"的情况，就像城堡上头的小公主一样，那虽然叫人害羞，却也十分正常。这也是这本图画书想要传递给孩子的一种舒展的生活观念和态度。在幼儿的成长道路上，这种观念和态度会帮助他们越过心理和情感上的许多障碍。再如图画书《你睡不着吗？》（马丁·韦德尔 文/图），处理的是很多幼儿在特定的发展阶段都会经历的"入睡"难题。故事里的

◇《你睡不着吗？》封面

大熊耐心地陪伴着"晚安"过后却仍然"睡不着"的小熊，——打消着他心里的不安。最后，小熊"在大熊温暖而安全的怀抱中睡着了"。除了故事角色所提供的认同与模仿位置外，这本图画书所传递的温情和暖意，也是抚慰幼儿入睡的最好陪伴。

四、幼儿图画书的独特文图关系

相比于幼儿文学的其他文体，幼儿图画书在艺术上的独特性更进一步体现在其文图合作的艺术特性上。在幼儿图画书中，文字与图画之间的创造性合作带来了多重表意可能，它也构成了幼儿图画书最大的艺术特色。

幼儿图画书有三种基本的文图关系模式。这三种模式的多元创意与交替组合，赋予了幼儿图画书丰富的文图艺术可能。

（一）意义解释关系。

在这一关系模式下，幼儿图画书的文字与画面之间彼此解释，画面以视觉直观的方式解释文字的述说，文字则以语言符号的方式道出画面的内容。这是幼儿图画书最常见的一类文图关系。比如图画书《萝卜回来了》（方轶群／文 村山知义／图），开篇的文字这样叙述道："雪这么大，天气这么冷，地里、山上都盖满了雪。小兔没有东西吃了，饿得很，他跑出门去找。"与之相应的跨页大画面上，我们看到主角小兔正站在小屋门口，望着外面白雪

◇《萝卜回来了》封面

皑皑的世界。画面部分以生动的场景和色彩诠释着文字中叙述的大雪天场景

和小兔子的境况，文字部分则清楚地道出了画面上小兔的行为趋向（准备出门）及其心理动机（饿得很）。接下去的故事都以这一文图解释的基本关系得以推进。借助文字与图画的配合，同一个故事得到了更为形象、有趣、丰满的叙述。

在以解释关系为主模式的幼儿图画书中，如果将文字与画面分开阅读，往往也能得出它们各自基本完整的讲述内容，但对于优秀的图画书作品而言，这种分离会大大减损故事的阅读趣味。同时，在不少图画书中，图文之间的意义解释关系，其表现也更为丰富、复杂。比如图画书《野兽出没的地方》（莫里斯·桑达克 文/图），其故事以这样一句文字叙述开头："那天晚上，

◇《野兽出没的地方》封面

麦克斯穿上狼外套在家里撒野。"在随后的画面上，我们看到了穿着狼外套的小男孩麦克斯"撒野"的情景：他举着锤子，抿紧嘴巴，正把一枚大钉子狠狠钉进墙里。然而，除了解释事件的基本内容之外，画面还传达出了更丰富的情绪意义。麦克斯举起的锤子上那格外尖锐的羊角部分，他的狼外套上同样尖锐的两只"耳朵"，还有画面左侧那个被垂直吊挂在晾衣架上的玩具，无不渲染着故事开始时有些紧张、不适的情绪氛围。这也是整本图画书中最小的一幅画面，整个插图被压缩在空白书页的中央，伴随着一种略带压抑的气氛；而随着麦克斯告别现实生活、进入幻想世界，画面所占的比例越来越大，在故事高潮部分甚至占满了整个跨页，此后再逐页回缩，最后恢复到与单帧书页一样大小，隐喻着麦克斯的情绪回复了正常。请注意，是回复"正常"，而不是回复到开始时的压抑状态，也就是说，经过这场幻想的旅行，麦克斯起初的不安情绪得到了宣泄和释放，他与妈妈之间的紧张关系也得到了调和。在这样的合作中，画面与文字之间的解释关系远远超出了一般的插图读物，画面传递的意义不但是对文字的意义解

说，也是对文字的意义填充。这一合作的方式充分体现了现代图画书的典型艺术形态。

（二）叙事互补关系。

在这一关系模式下，幼儿图画书的文字与画面虽然也共同讲述一个故事，但二者互为补充，文字与画面各承担一部分内容，两者合在一起，才构成一个完整的故事。在这一关系中，如果没有画面的参与，文字部分会出现重大的叙事缺失；反之亦然。比如图画书《鳄鱼怕怕 牙医怕怕》，它的文字部分读来是这样的："我真的不想见到他。我真的不想见到他。/ 但是我非见不可。但是我非见不可。/……"如果仅看这些文字，读者大概会一头雾水。只有当我们同时看到对应的画面，才会明白这是发生在鳄鱼和牙医之间的一场趣事，而它的幽默感的来源，很大程度上正得益于文字和画面之间的上述互补。结合文图的共读，我们知道了首页文字叙述中的前一句"我真的不想见到他"，表达的是鳄鱼不得不去看牙医的心情；后一句"我真的不想见到他"，表达的则是牙医不得不给鳄鱼看牙的心情。一模一样的语言，表达的是同样的不情愿和不安，又恰好适合故事里彼此对位的两个角色；但在适合的同时，又从两者身上生发出了各自不同的内涵：鳄鱼害怕的是什么？牙医忐忑的又什么？这些问题的答案在文与图的互补中既一目了然，又留给读者想象的空间。于是，在文与图的巧妙配合下，简单的语言重复带来了意想不到的叙事和语言幽默效果。

再比如图画书《母鸡萝丝去散步》（佩特·哈群斯 文/图），其文字部分讲述了母鸡萝丝出门散步的简单行程："走过院子，绕过池塘，越过干草堆，经过磨坊，穿过篱笆，钻过蜜蜂房，按时回到家吃晚饭。"但图画书的画面部分除了表现萝丝的散步，还讲述了文字中没有提到

◇《母鸡萝丝去散步》封面

的另一半故事：在萝丝散步的过程中，有一只狐狸始终跟在它身后，其动机不言而喻。然而，狐狸试图逮住萝丝的努力却一次次遭遇滑稽的失败：先是踩到钉耙上，再是跳进池塘里，之后又陷入干草垛……这样，在画面和文字的叙说之间就构成了有趣的对称关系。文字叙述的悠闲感反衬了画面叙述的紧张感：毫无危机感的母鸡会被早有预谋的狐狸抓住吗？但这紧张的悬念又一次次被悠然的情绪所化解：狐狸的预谋无一成功，而母鸡的散步从未被打断。故事独特的叙事趣味就在这样的图文互补中得到了充分的传达。

一般说来，幼儿图画书的图文叙事，其基本方向往往是一致的。但一些作品则通过有意制造两者之间的叙事矛盾，来营造特殊的表达效果。比如图画书《大卫，不可以》（大卫·香侬 文/图），与每一页上"大卫，不可以！""不行！不可以！"等命令文字相反，对应的画面上，我们看到的恰恰是那个正在违反禁令的孩子的快乐身影。这样充满喜剧感的矛盾场景，大概写出了现实中许多幼儿的普遍生活状态；而在这一切的矛盾和对立之后，故事最末的那句"我爱你"和那个爱的拥抱，也才显得尤为甜蜜和温暖。

（三）趣味点缀关系。

在幼儿图画书中，画面的主要功能是解释文字和参与叙事。除此之外，图画书的画面也常通过设计各类有趣的视觉游戏和细节，来增添和点缀文本阅读的趣味。比如《我爸爸》（安东尼·布朗 文/图）中的各个画面，一方面是其对应文字内容的视觉呈现，另一方面也设计了不少幽默的小机关。在"我爸爸什么都不怕，连坏蛋大野狼都不怕"的大跨页上，与文字叙述相对应，画面上的"爸爸"正神气地把坏蛋大野狼赶出门去。狼夹着尾巴，一副不甘心又灰溜溜的模样。而在门外远景处的一棵大树旁，露出了三只小猪的脑袋，还有提着竹篮的小红帽的身影。这里的小猪和小红帽都是文字中并未提到的内容，与故事情节之间也

◇《我爸爸》封面

没有直接和必然的联系，作为常与"大野狼"联系在一起的众所周知的童话形象，它们在画面上的出现增添了图画书阅读的小乐趣。这类画面细节的趣味设计，在许多当代幼儿图画书的创作中已经成为一种常态。

上面谈到的三种图文关系模式并非彼此孤立。比如，图文之间的趣味点缀关系在幼儿图画书中十分常见，但由于它并不适合承担相对独立的整体叙事功能，因而都是融合在前两种关系模式中。再如前面提到的《野兽出没的地方》，在意义解释关系的主模式下，一些页面的图文关系更接近叙事互补。一些时候，在一本幼儿图画书里，我们还可以同时看到这三种关系在一种主模式下的合作演绎。比如图画书《大猩猩》（安东尼·布朗 文／图），在意义解释的主模式下，还包含了图文之间的叙事互补和画面设计的各种趣味点缀。

第十章　幼儿童话

　　幼儿童话是指以低幼儿童为接受对象的童话作品。在童话的艺术世界里，幼儿童话是一个特殊的门类，因其特殊的读者对象，也有着特殊的艺术面貌和体式特征。

一、幼儿童话的概念

幼儿童话是专为幼儿创作的童话故事，也是最受幼儿读者青睐的故事类作品。童话的逻辑与幼儿的认知、情感方式间存在着天然的契合。我们知道，童话常将一切事物视作有生命的对象，在童话里，动物、植物乃至桌子、椅子都可被赋予生命的情态，它们不但能开口，能行动，而且有感觉，会思考。这一童话创作的基本逻辑所对应的万物有灵观念，在个体的幼年期最为兴盛，这使得幼儿读者能够十分自然地接受和理解童话的神奇逻辑。在年幼的孩子眼里，日常生活、事物等都呈现为某种童话式的生动面貌，因此，从日常生活进入童话世界，也并不需要语境上的特意转换。这也是童话故事在幼儿文学的大板块中占据要位的重要原因。

与一般的童话作品相比，幼儿童话有着自觉而鲜明的读者意识，这一意识在很大程度上塑造、决定着幼儿童话的基本艺术面貌和特征。它一方面促成了幼儿童话独特的艺术属性，另一方面也带来了这类童话创作的独特限度与难度。如何在幼儿的接受水平、能力、趣味等的范围内创作出适合他们阅读的优秀童话作品，以及如何在上述条件的限制下，让幼儿童话体现、展示出幼儿文学独特的艺术美感和内涵，这些都考验着幼儿童话作家的写作能力和艺术智慧。

幼儿童话是童话大文体的一个分支，也具有一般童话的一些基本特征，比如拟人手法的普遍运用、幻想题材的信手拈来等等。但与此同时，它还有着若干区别于一般童话的类属性，这些属性源自幼儿童话对于幼儿读者接受能力和接受特点的充分考虑，但它们同时也带来了幼儿童话独特的艺术面貌和审美趣味。

（一）语言清浅，篇幅短小。

由于幼儿的注意力水平仍在发展中，集中注意的时间往往不长，因此，单则幼儿童话的篇幅大多十分短小，事件单纯，情节简练。同时，幼儿童话的读者对象也决定了它不可能使用复杂的文学语言，而应当使用适合幼儿理解的清浅、简朴的语言。一则幼儿童话的词汇很少越出幼儿日常用语的范围，其句式也往往简短明了，绝不使用复杂的长句。某种程度上，我们可以说幼儿童话语言的模本正是幼儿自己的语言方式，它所创造的也是一种令幼儿感到亲切的文学话语。幼儿童话特有的重复、回环、拟声等语言修辞，都是这一话语方式的典型体现。

但这并不意味着幼儿童话的语言只是对幼儿语言的简单模仿，也不意味着幼儿童话的语言是一种幼稚的语言。我们应该明白，故作幼稚的"娃娃腔"绝不是值得称道的幼儿童话语言方式，它与幼儿童话的艺术追求相去也甚远。真正优秀的幼儿童话，是从看似简单稚拙的孩提语言中发现和建构一种属于幼年的独一无二的审美话语。在这里，简单的语词在作家的匠心安排下，拥有了一种天然而独特的美感，这美感乃是幼儿童话独特艺术价值的一部分。

比如吕丽娜的童话《爱梦想的小种子》，讲述一颗爱梦想的小种子带给身边世界的奇妙变化。童话是这样开头的："有一颗爱梦想的小种子，它长呀，长呀，长成了一棵爱梦想的树。"简单的语词，简短的句式，句与句之间的叠加重复，以及"长呀，长呀"中的语气助词，充分渲染出一种带着孩子气的亲切的幼儿话语氛围。但它又不只是普通的幼儿语言那么简单，当源自人类心灵的"梦想"一词被拿来形容一粒"种子"和一棵"树"的生存状态时，我们仿佛觉得身边的世界在刹那间拥有了诗意的灵魂。句中富于动感的"长呀，长呀"，是用幼儿式的语言来描绘种子的成长过程，它的没有犹豫的努力和一往无前的执着，就包含在"长呀，长呀"这样单纯而稚气的重复中。从"爱梦想的小种子"到"爱梦想的树"，这成长的逻辑是如此自然，却又如此意味深长，那在成长中不曾失落的对于"梦想"的热爱，让这句简单的陈述听上去多么美好。同时，整个句子前后结构的对称感，令它读起来有一种音乐的美感。

任何优秀的幼儿童话，其清浅的语言读来都有一种别致的韵味。这是属于幼儿童话的独特语言艺术。优秀的幼儿童话作家正是这一语言艺术的创造者和驾驭者。反过来，如果一则幼儿童话不得不借助一些成人式的复杂语词才能完成表意的目的，那只能证明创作者还不曾掌握幼儿童话的语言特性。

（二）故事简明，结构清晰。

幼儿童话篇幅短小，其故事安排也须简洁明了。一则幼儿童话往往有着清晰的故事结构，其发生、发展、结束都遵循着易于把握的叙事节奏。比如张月的童话《沙啦沙啦》，讲述一只小熊在树林里走着，听见"沙啦、沙啦、沙啦"的声音。他想知道这"很好听的声音"是从哪儿来的。故事就从这个简单的因缘起头，沿着清晰的线索向前发展。小熊先后遇见了一只"喀嚓、喀嚓、喀嚓"咬坚果的灰松鼠，一只"扑簌、扑簌、扑簌"扇翅膀的红嘴雀，一只听着"滴答、滴答、滴答"的雨声、哼着"呱、呱、呱"的青蛙，一朵迎着"呼、呼、呼"的风飞扬的蒲公英花，但这些都不是他想找的那个声音。最后，他发现，那个"沙啦、沙啦、沙啦"的声音，原来是自己踩着树木里的落叶发出的声音。这篇童话的结构就像一个螺旋形的回环，小熊与每一个动物的相遇和交谈，既有着相似的结构，又有着不同的内容，并以这样的方式持续推动着情节的发展。显然，这是一种易于幼儿读者理解和把握的故事节奏和叙述方式。

幼儿童话的故事可以有多种多样的结构，但简明和清晰是不变的原则。

在冰波的童话《青菜熊和萝卜熊》中，有两个主角，一个是爱吃青菜的青菜熊，另一个是爱吃萝卜的萝卜熊。作家在两只熊之间设定了上述基本矛盾后，故事就顺着这个矛盾发展下去。为了"青菜最好吃"还是"萝卜最好吃"，两只熊先是"吵了起来"，继而"打起来了"。这时，来了一头爱吃土豆的土豆熊，他要求大家"从现在起"，"只许吃土豆"。

"咕喳咕喳……"两头熊只好吃土豆。

青菜熊和萝卜熊悄悄说："土豆是多么难吃呀！"他们多么想念青菜和萝卜呀。

第二天早上醒来，青菜熊和萝卜熊发现，土豆熊不见了。他只在这个地方住了一个晚上，就走了。

青菜熊赶紧回到家里，大口大口地吃青菜。

萝卜熊也赶紧回到家里，大口大口地吃萝卜。

以后，青菜熊和萝卜熊再碰到一起，他们也不打架了。为什么呢？因为，谁都有自己爱吃的东西呀。这是土豆熊来过这里之后他们才明白的。

随着土豆熊的到来，起初的矛盾被打断了，原本对立的青菜熊和萝卜熊这次站在了同一个立场上，这个立场让他们明白了什么。这样，当他们再次回到原来的位置时，也懂得了用包容和尊重的态度对待他人。显然，这则童话的情节有起伏，有转折，但这些起伏和转折也是简明而清晰的，毫无复杂之处。这样的故事能够在不影响幼儿读者理解的前提下，充分激发他们的阅读兴趣。

（三）情感明朗，基调温暖。

幼年是人生的初始，这一时期，个体身心各方面机能尚未发育成熟，心理、情感、个性等也正处于最初的塑形阶段。此时孩子接触的一切事物和观念应该是完全正向的，积极的，刺激强度也不宜过大。与此相应地，专为幼儿提供的童话作品，其情感的色彩总是明朗的，故事的基调也总是温暖的。我们要知道，这些童话描绘的不但是幼儿当下生活的底色，也是他们整个人生的底色。

因此，幼儿童话的故事氛围一般都是温暖的，明亮的，情绪则是愉悦的，舒适的。比如李姗姗的童话《九十九个好朋友》，讲述"小甲虫点点第一次走出家门"的故事。点点先是认识了"第一个好朋友"蚂蚁黑黑，接着结识了蚂蚁黑黑的好朋友乖乖，乖乖向点点介绍了自己的又一位好朋友贝贝，贝贝当然也带来了新的好朋友……就这样，点点拥有了"九十九个好朋友"，就像所有的好朋友一样，"他们一起哭，一起笑，一起做游戏，一起分享所有的东西……"故事从头到尾都洋溢着温馨的情谊，点点"第一次出门"的经历也充满了阳光的温情。

需要指出的是，幼儿童话并不回避幼儿生活中的各种负面情绪，相反，它格外关注日常生活中孩子的各种负面情绪，包括孤独、恐惧、忧伤等等。不过，在书写和表现这些情绪时，它能够用幼儿童话特有的艺术手法，很好地应对和处理这些负面情绪，并使之最终转向明朗和温暖的方向。比如麦子的童话《一只小熊迷路了》，主角是一只迷路的小熊，他在树林里伤心地哭泣。哭声惊动了身边的树木，于是，橡树、柏树、松树、白杨树、黄杨树、槐树、枫树、樟树，一棵接着一棵地传递出小熊迷路的消息。小熊的妈妈听到消息后赶到树林，安慰并接回了哭泣的小熊。于是，小熊的一声"谢谢你"，又从樟树、枫树、槐树……一路传递过去。故事从一种不安的情绪起笔，经过不无急促的情节展开，最后慢慢收尾在了安宁而温暖的氛围里。对于听故事的孩子来说，体验着童话里从害怕、紧张到舒缓、放松的情绪变化过程，他自己的情绪也获得了一定的宣泄和抚慰。

◇《小熊的巴掌》封面

再比如张月的童话《小熊的巴掌》中，小熊有一双"又大又厚"的巴掌，他用这巴掌"啪！啪"，夺来了小兔子的玩具、小狐狸的冰激淋，还骑到小象背上。"小熊的巴掌真厉害，要做什么都可以，小熊得意极了"。不过，当小熊吵着要看电视时，熊爸爸举起了更大更厚的巴掌。小熊哭了，他用巴掌打翻了台灯，打碎碗，打歪了花盆里的小树……暴力的方式发泄着小熊的愤怒。还好，在熊妈妈耐心的陪伴和引导下，小熊明白了自己的巴掌还可以用来"握握手""拉拉手""拍拍手"，就算生气的时候想要"打打打"，也可以用巴掌"打小鼓""打篮球""打水花儿"。就这样，又大又厚的小巴掌成了真正"很棒的小巴掌"。作家借小熊的故事将幼儿常见的自我中心、愤怒等负面情绪予以疏导，并将它们导向积极而温暖的生活观念。这也是幼儿童话的艺术功能之一。

三、幼儿童话的主要艺术手法

幼儿童话的主要艺术手法包括拟人、反复、夸张、对比等，幼儿童话作家对这些手法进行创造性的运用和发挥，他们笔下的故事也由此呈现出丰富多样的面貌。

（一）拟人。

拟人是赋予非人的对象以人格化的属性，它是幼儿童话最常运用的一种艺术手法。幼儿天性倾向于将自我生命感觉投射到身边的一切事物上，在他眼里，太阳、月亮，一切动物、植物，乃至一块石头、一张凳子，都仿佛被灌注了人的生命力和精神力。幼儿的这种意识在童话里得到了呼应。童话的拟人既令他们感到亲切，同时，借助拟人对象的投射，孩子也能够从一个安全的心理距离来学习理解生活，认识自我。

例如，在陈梦敏的童话《八点零三分好》中，戴手表的小河马总是用他特别的方式跟别人打招呼："小兔子，八点零三分好！""小绵羊，八点过十分好！""嗨，九点二十一分好！""嗨，十一点二十九分好！"不过，有一天，当其他小动物都开始学着小河马的方式问候他的时候，小河马却脸红了，他以为大家在嘲笑他呢。于是，他开始按照大家的方式规规矩矩地问候："小喜鹊，上午好！""小花猫，中午好！""小青蛇，下午好！"直到有一天，旅行回来的小花鹿说出了对小河马的想念，小河马才知道，伙伴们从来没有笑话过他那特别的问候方式，相反，在大家心里，对于这"属于他一个人的方式"，怀着由衷的欣赏和尊重。这样，小河马找回了他自己的问候方式，也变回了原来那个快乐、阳光、开朗、自信的小河马。这则童话采用的拟人手法在幼儿童话中十分典型，在它的拟人情景的投射中，幼儿也将学会更好地看待、认识集体中的自我。

（二）反复。

反复是通过特定词语、句子或段落结构的重复来造成特定的表达效果。日常生活中的幼儿常常喜欢重复的事物：重复说一个词或一句话，重复做一个动作或游戏，重复听一则歌曲或一个故事，等等。这是年幼的孩子游戏的一种方式，也是他们学习的一种方式。或许可以说，"反复"是幼儿心理的内在原型之一。在幼儿童话中，反复手法的运用一方面能够引起幼儿的阅读兴趣，另一方面也有利于幼儿对故事的理解、接受和记忆。

幼儿童话的反复手法往往同时体现在语言和结构两个层面。比如张晓玲的童话《大家来跳舞》：

> 有一天，小老鼠对小刺猬说："你愿意和我一起跳舞吗？"
> 小刺猬说："好啊，我们俩正好差不多大哦！"
> 于是——
> 吧哒，吧哒，小老鼠和小刺猬跳舞。
>
> 小兔子对獾说："你愿意和我一起跳舞吗？"
> 獾说："好啊，我们俩正好差不多大哦！"
> 于是——
> 嘀哩，哒啦，小兔子和獾跳舞。
>
> 狮子对豹子说："你愿意和我一起跳舞吗？"

豹子说："好啊，我们俩正好差不多大哦！"

于是——

噗通，噗通，狮子和豹子跳舞。

只有大象没有舞伴，孤孤单单坐在一边。

"嗨，大象！"一个细小的声音说。

大象顺着声音找过去，看到了一只小得不能再小的蟋蟀。

"想不想做我的舞伴呢，大象？"蟋蟀问。

"可是，我这么大，你这么小……"小象说。

"这有什么关系？"蟋蟀跳到了大象的头上，自顾自地和着节奏跳了起来。

大象犹豫了一下，也跟着跳了起来。

窸窣、轰隆，窸窣、轰隆……

小老鼠看到了，说："太好玩了，我们也交换舞伴吧！"

接下来——

小老鼠和獾跳舞，小兔子和狮子跳舞，大象和豹子跳舞，蟋蟀和刺猬跳舞。

吧哒，嘀哩，吧哒，噗通，轰隆，噗通，窸窣、轰隆，哒啦，窸窣……

大家都觉得从来没有这么快乐过。

这则童话中，有关小老鼠和小刺猬跳舞、小兔子和獾跳舞、狮子和豹子跳舞的三个叙述部分，包含了显而易见的语言和结构上的重复。除了角色的名字、跳舞的声音各有不同，三个部分的对话内容几乎一样，句式和段落结构也保持一致，读上去整齐有致，节奏分明，凸显出语言游戏的效果。同时，这样的反复也为后面的情节停顿和变化做了最好的铺垫。大象和蟋蟀之间的对话与对舞，既打破了之前的语言重复规律，同时也打破了"我们俩正好差不多大"的寻常思维逻辑。在新的认识框架下，动物们创造了新的行动方式，并由此收获了更多快乐。

这样，我们就看到，在幼儿童话中，反复的手法不是简单的重复，而是在重复中蕴含着创造性的变化。在运用反复手法时，这重复中的创造性变化，正是这类幼儿童话的艺术特色之一。它的重复中出其不意的变化和变化中节奏分明的重复，对幼儿读者来说充满了迷人的魅力。

（三）对比。

对比是借具有明显特征差异或矛盾的人、事、物之间的比较来造成特定的文学表达效果。在幼儿童话中，这一对比手法的运用往往能够带来鲜明的喜剧效果。

我们来看周锐的童话《门铃和梯子》。在这则短小的童话中，正是对比手法的巧妙安排促成了它独特的趣味和幽默。野猪不怕路远去看望好朋友长颈鹿，可是，当他站在长颈鹿家门外"咚咚咚"地敲门时，长颈鹿大哥明明在家，却不来开门。隔着门，他是这么跟野猪解释的："野猪兄弟，你往上瞧，我新装了一个门铃。有谁来找我，要先按门铃，我听见铃响以后，就会来开门。"问题是，长颈鹿家的门铃装得太高了，野猪够不着。他只好继续敲门。门那头，长颈鹿也很为难，他说："对不起，野猪兄弟，我知道你真的够不着。但你就不能想想办法吗？要是大家都像你这样，图省事，敲敲门就算了，那我的门铃不是白装了吗？"野猪没奈何，只好折回家去，哼哧哼哧地扛来一架梯子，总算让他够到了高高的门铃。不料，这个门铃怎么也按不响。长颈鹿在里面解释道："对不起，野猪兄弟。门铃坏了，只好麻烦你敲几下门了。"这下轮到野猪不干了："这怎么行！只敲几下门？那我的梯子不是白扛来了！"这是一则可爱的幽默童话，而它的全部幽默都建立在一个逻辑前提之上，那就是野猪与长颈鹿之间一高一矮的对比。正是因为有了这对比逻辑的存在，按门铃这么一桩普普通通的生活小事，在作家笔下也变得一波三折，充满了滑稽的喜感和幽默的回味。

幼儿童话常常运用类似的对比手法来构架故事情节，制造幽默效果。比如武玉桂的童话《方脸和圆脸》：

> 山脚下住着一户人家，家里有一位老公公和一位老婆婆。
> 老公公高高的个子，挺瘦，长着方脸盘儿。
> 老婆婆矮矮的个子，挺胖，长着圆脸蛋儿。

方脸老公公喜欢方东西：他坐，要坐方凳；喝酒，要用方杯；就连走路，也要迈四方步。

圆脸老婆婆喜欢圆东西：她吃饭，要用圆桌；梳头，要照圆镜；睡觉的时候不用枕头，用一个大南瓜。

…………

接下去的故事就在这"方"和"圆"的滑稽对比中不断展开，两者的矛盾和对立也持续激化，最后，对立的矛盾得到巧妙的化解，故事也走向了圆满的结局。

对比手法带来的不一定都是矛盾，比如木子的童话《长腿七和短腿八》，其中的两个主角，"长腿七的两条腿有七尺七寸长，短腿八的两条腿只有一尺八寸长"，"长腿七喜欢穿长长的牛仔裤，短腿八喜欢穿短短的短裤头。长腿七住的是高高的高房子，短腿八住的是矮矮的矮房子。长腿七睡高床，用高桌子高板凳。短腿八睡矮床，用矮桌子矮板凳……"但这一切都不妨碍两个好朋友彼此关心，互相照顾。"时间一年一年，一月一月地过去了。长腿七和短腿八一直都是好朋友"，在这则童话中，对比造成的差异在营造幽默感的同时，也烘托出了友情的珍贵和温暖。

（四）夸张。

夸张是将事物的正常规模、数量、程度、逻辑等予以极度夸大或缩小以达到特定表现目的的文学手法。幼儿童话常借夸张手法来突出事物某方面的特性，以塑造鲜明的形象，突出强烈的效果。

比如武玉桂的童话《小熊买糖果》，便以夸张的手法塑造了一头"记性不好"的小熊的形象。"有只小熊记性很不好，什么话听过就忘记。"这天，家里来了客人，妈妈分派小熊去商店买苹果、鸭梨、牛奶糖。小熊一边念叨着妈妈的话，一边上路了。第一回，他在半路跌了一跤，起来时已经把妈妈的话忘了。第二回，他撞上一棵大树，回过神来又忘了妈妈的嘱咐。第三回，他总算顺利买到了三样东西，提着竹篮兴冲冲回家。路上，一阵风吹掉了小熊的帽子，他放下竹篮，去捡帽子，一回头，看见了地上盛着苹果、鸭梨和牛奶糖的竹篮，顿时喊起来："喂，谁丢竹篮子啦？快来领呀！"故事针对小熊"记性不好"的夸张描写，无疑远远超出了生活的正常逻辑。通过这样的夸张，年幼孩子身上常见的粗心和健忘的特征得到了一种喜剧性的放大、凸显，令读者印象深刻。

夸张的艺术在幼儿童话中十分常见。前面提到的对比手法，也常融入夸张的元素，以突出对比的强度，烘托幽默的效果。在《门铃和梯子》的故事里，野猪和长颈鹿的思维与对话逻辑，都有明显的夸张成分。武玉桂的《方脸和圆脸》中，老公公和老婆婆的性格也是在夸张的描写中得到生动有趣的塑造和呈现。对幼儿来说，夸张的艺术本身就是一种语言和想象的欢乐游戏，它在对于有板有眼的日常生活规则与逻辑的撑破中，带来了不同寻常的故事趣味。

第十一章　幼儿生活故事

　　幼儿生活故事是幼儿文学特有的一个故事门类，它在故事篇幅和体式上与幼儿童话相近，但幼儿童话是以幻想性的虚构为题材的，幼儿生活故事则是以写实性的虚构为题材的，后者是对于幼儿生活现实的故事表现，它在素材上更接近写实体的儿童小说。由于幼儿还不具备阅读一般小说作品的能力，因此，幼儿生活故事也可以看作是幼儿的"小说"。

一、幼儿生活故事的概念

◇《丘奥德》封面

幼儿生活故事是以幼儿生活为主要表现对象、并适合幼儿听读的故事类作品的总称。在幼儿的文学阅读中，这类故事占据着重要的位置，它在题材和体式上有其自身的特点。

（一）题材。

幼儿生活故事的题材主要集中在两个方面，一是表现幼儿生活的特殊情趣，二是向幼儿传达特定的生活教育。

1、书写幼儿生活情趣。

幼儿生活故事书写幼儿生活中最常见的事物、事件和情感体验，也在这样的书写中表现幼儿生活的独特情趣。比如收入《丘奥德》（李姗姗／著）的幼儿故事《女厕所》，从一个孩子的视角表现小男孩生活中通常会遭遇的烦恼，那就是不得不跟着妈妈进女厕所方便。故事生动、幽默地表现了"我"为了争取上男厕所的"权利"所付出的努力，以及这一努力最后达到的结果。再如收入《我和小姐姐克拉拉》（迪米特尔·茵可夫／著）的《天大的秘密》，透过两个年幼孩子的眼睛来看待大人"怀孕"的事件，故事中充满了天真的意趣。这种对于童年天真意趣的书写和表现，使得许多幼儿生活故事不但能够吸引孩子的兴趣，也令成人读来回味无穷。

2、传达幼儿生活教育。

在幼儿生活故事中存在着大量明显包含了幼儿生活教育意图的作品，它们可以被称为"教育故事"。明确的教育性是许多幼儿生活故事有别于一般故事作品的一个重要特点。对无时不处于学习状态的幼儿来说，故事的阅读与生活的学习密不可分地联系在一起，很多时候，阅读一则故事，就是学习一种生活的行为方式。正因为这样，许多作家都试图通过讲故事的方式来向幼儿传达特定的生活教育知识。比如奥谢耶娃的《一个有魔力的字》，讲述了小男孩巴甫立克从一位陌生的老爷爷那儿学到"一个有魔力的字"，并通过这个字从姐姐、哥哥和奶奶那儿实现了自己的愿望的故事，这个字就是一个礼节性的"请"字。显然，这一故事包含了对幼儿进行语言礼仪教育的重要意图。

值得注意的是，幼儿教育故事的题旨并不囿于直接的生活教育目的，而是包含了十分广泛的精神启蒙内容。比如苏霍姆林斯基的《我想说自己的词》，其中并没有特定的生活技能或礼仪教育目的，而是为了让孩子明白个性和创造力的价值。再如《胆小鬼》（阿尔丘霍娃／著）这则故事表现的是小男孩瓦尼亚的"勇敢"，但它却与我们通常所说的勇气教育大相径庭。作者希望我们看到，在生活中，并不是什么都不怕就叫勇敢；一个日常生活中的"胆小鬼"，在他所爱的人面对危险的时候敢于不顾一切地冲到危险的前面，他就同样是一个勇敢的人。从这个意义上说，我们每个人都有属于自己的那份真正的"勇敢"。对初涉世事的幼儿来说，这样的生活教育具有不同寻常的生命认识意义。

（二）体式。

出于幼儿阅读能力的考虑，一则幼儿生活故事的篇幅往往都十分短小，语言、结构也十分简单。千字以内的作品在这个文体内是最常见的。当然，在成人的帮助下，年龄稍长的幼儿也可以阅读一些更长的生活故事，比如"弗朗兹"系列中的单篇作品，在长度上超过了一般的幼儿故事，但由于它的情节、语言是以宜于幼儿理解的方式组织呈现的，因此仍然适于幼儿听读欣赏。

有的幼儿生活故事会以系列故事的形式出现，如《大头儿子和小头爸爸》《丘奥德》《弗朗兹的故事》等。这些以书的形式呈现的系列故事之间虽然存在着基本角色、人物关系和情节逻辑上的一致性，但各个故事之间大多彼此独立，互不干扰，因此，尽管其总体篇幅大为增加，但个中单篇故事的长度并没有发生实际的变化，仍然只是一些短小的幼儿故事。

二、幼儿生活故事的分类

幼儿生活故事所描写的基本对象是幼儿的生活世界，这个世界既十分狭小，又五彩缤纷。幼儿生活故事的一个主要任务，就是向幼儿读者描绘这个世界的模样，揭示这个世界的意义。按照幼儿生活故事的主要表现内容，可以将它分为家庭生活故事、幼儿园生活故事和同伴生活故事。

（一）家庭生活故事。

家庭构成了幼儿最重要的生活圈，幼儿生活故事最常见的题材也来自家庭生活。发生在孩子与父母、长辈、兄弟姐妹之间的各种日常生活事件，是幼儿生活故事取之不尽的题材源泉。在中国当代幼儿故事的创作中，郑春华的《大头儿子和小头爸爸》、任霞苓的《老篷的故事》等作品，其基本的故事背景就设置在家庭环境中。比如《大头儿子小头爸爸》中的《两个人的小屋》《不怕真老虎》等故事，《老篷的故事》中的《妈妈你别害怕》《洗衣服》等故事，分别讲述了发生在孩子和爸爸、妈妈之间的温暖的生活故事。德国作家笛米特尔·茵可夫的幼儿故事集《我和小姐姐克拉拉》中的许多作品，则讲述了发生在一对年幼的姐弟之间的生活和游戏事件。其他如《一块水果糖》（诺索夫／著）、《一个有魔力的字》（奥谢耶娃／著）、《丁一小写字》（任溶溶／著）、《一封信》（鲍圭埃特／著）等作品，都是在家庭生活的基本背景上展开故事的。

对幼儿来说，家庭不仅仅包括爸爸、妈妈和兄弟姐妹，也包括他们心爱的宠物、玩具、器物等，它们也是幼儿生活故事的主要题材。比如，《卡罗尔和她的小猫》（梅布尔·瓦茨／著）描写了小女孩卡罗尔和她的小猫之间发生的故事，《童年的朋友》（维·德拉贡斯基／著）则表现了一个孩子与陪伴他的玩具小熊之间的深情。

需要指出的是，家庭生活故事的场景并不局限在狭小的屋檐下，凡是以发生在幼儿及其家庭成员之间的事件为主要表现对象的，都可以纳入家庭生活故事的范围。

（二）幼儿园生活故事。

对于开始进入幼儿园的孩子来说，幼儿园生活构成了家庭生活之外的另一个重要生活内容，它也是幼儿生活故事的常见题材。比如李其美的《鸟树》，讲述了这样一个发生在幼儿园里的故事：冬冬和扬扬在幼儿园的院子里抓了一只小鸟，用绳子把它拴了起来，等到他们想把小鸟放走时，小鸟却已经不幸死去。于是，两个孩子把小鸟埋在院子里，又在上面插了一根葡萄枝，盼望着小鸟会像种子一样从土里长出来。春天，葡萄枝发了新芽，越长越大，它没有像孩子们盼望的那样开出"鸟花"，结出"鸟果"，却真的长成了一棵栖息着小鸟的"鸟树"。故事对于幼儿心理、情感的把握和描写生动而又自然，在讲述故事的同时，也向孩子传达了一种潜移默化的生命教育。

再如宋雪蕾的幼儿生活故事《翻跟头的一天》，讲述了小男孩东东把日历上的"9"看作翻跟头的"6"，从而把幼儿园里的这一天当成了一个"翻跟头的日子"的故事。这一天，东东把手套反着戴，队伍反着排，小勺调头用，最后还讲了个"翻跟头的故事"。故事用富于创意的情节设计，表现了幼儿生活的独特童趣。

很多时候，除了幼儿园生活外，像《圈儿圈儿圈儿》（安伟邦／著）、《蓝色的树叶》（奥谢耶娃／著）、《苏珊的帽子》（E·琳格／著）等涉及早期学龄儿童校园生活的故事，也是适合提供给幼儿阅读的作品。

（三）同伴生活故事。

除了家庭生活和幼儿园生活之外，幼儿与身边同龄孩子之间的社会性交往，也为幼儿生活故事提供了丰富的素材。我们知道，幼儿正处于社会性发展的早期阶段，与其他孩子的交往是促进其社会性发展的重要途径，因此，幼儿生活故事十分关注孩子在这一层面的心理和行为发展。

同伴生活故事既常常在家庭和幼儿园的背景下展开，也常常发生在这两者之外的幼儿生活圈，比如社区、野外等，因此，它与上述两类故事既有交叉，又有区别。与家庭和幼儿园生活故事相比，同伴生活故事更专注于通过同龄幼儿之间的相互交往，来表现幼儿生活的情趣，以及传达相应的情感和行为教育。比如"弗朗兹"系列中的《桑德拉》一篇，围绕着发生在小男孩弗朗兹和他的小女伴佳碧之间的友情展开故事。好朋友佳碧和她新结交的女伴桑德拉之间过分的亲密无间，让弗朗兹感到了一份难言的"嫉妒"，情感上受到伤害的弗朗兹决定以彼之道，让佳碧也领略一次同样的滋味；通过这一方法，弗朗兹既确认了自己和佳碧之间坚实的友情，也学会了接受佳碧拥有新的朋友。

对幼儿来说，表现同龄孩子之间交往关系的同伴生活故事提供了一种与"他者"有关的观察、比对和判断视角，它能够帮助孩子克服现实生活的孤独感，并逐渐走出自我中心的限制，学会从不同的角度看待自我和生活。

三、幼儿生活故事的艺术特征

幼儿生活故事在情节、语言和形象塑造上有着鲜明的艺术特征。

（一）单一完整连贯的情节。

幼儿生活故事的主要读者对象是幼儿。由于幼儿在阅读的注意力、技巧和理解能力的发展上均处于初级阶段，因此，提供给他们的这些生活故事不宜于使用新奇的故事技巧或设计复杂的故事情节，而是主要运用沿袭已久的那些最为传统的故事技法，讲究情节的单一性、完整性和连贯性。在这方面，我们可以说幼儿生活故事是在技法上比较接近传统民间故事的一类叙事作品。

情节的单一性意味着幼儿生活故事必须紧紧围绕一个中心情节展开叙事，而不添加或很少添加其他的分支情节，不设置过多的情节曲折。比如诺索夫的《一块水果糖》，整个故事就围绕着小米沙怎样一点点吃掉了糖罐里的一块红色水果糖的情节展开，并没有出现干扰这一情节进行的其他事件，对幼儿读者来说，他们可以很容易地循着故事的情节线索，顺利地了解故事的全部过程。再比如《我和小姐姐克拉拉》中的《樱桃巧克力大蛋糕》，在篇幅上比一般幼儿故事显得略长些，但它的情节同样高度地集中在一条单一的线索上，那就是"我"和克拉拉如何找到各式各样的理由，一点点吃掉了妈妈为客人准备的樱桃巧克力蛋糕，期间没有发生任何旁枝情节。故事情节的单一性使得一些幼儿生活故事尽管有一定的长度，但其内容仍然在幼儿的阅读接受能力之内。

情节的完整性意味着一则幼儿生活故事尽管篇幅短小，但必须有一个高度完整、统一的情节，它在最基本的层面上应当包括故事的起因、经过和结果，而且这三者之间应当彼此统一。比如《卡罗尔和她的小猫》这则故事，其情节源起于卡罗尔想要一只小猫的愿望；征猫广告一贴出，卡罗尔收到了许多小猫，她没办法养这么多猫，只好把它们再一一送走，这是故事的经过；最后，失望的卡罗尔在惊喜中得到了自己想到的一只小猫，这是最后的结果。故事情节简单利落而又圆满完整，很宜于幼儿理解。对幼儿故事来说，为同一个事件设置多个可能结果的现代故事手法一般说来是不适宜的。

情节的连贯性是指幼儿生活故事的情节应当首尾相衔、前后一致、推进合理、逻辑通顺。这意味着一则幼儿生活故事在情节上必须保持前后情节次序的合理连贯，其中每一个行动的推进都建立在前面行动的基础之上，这样环环相扣，直到故事结束。比如《老篷的故事》中《洗衣服》这则故事，主角篷篷从洗玩具开始，弄湿了白跑鞋，于是开始洗跑鞋，又弄湿了袜子，于是开始洗袜子，再弄湿了裤子，又开始洗裤子……这样到了最后，轮到妈妈来给满身肥皂泡的篷篷洗了个澡。故事情节一次次叠加，但彼此间高度连贯，因此并不妨碍幼儿跟随着故事的语言从一个情节链顺利走向另一个情节链，直到故事结束。

（二）富于韵律感的语言和结构。

幼儿生活故事虽然是散文体的故事，但与一般的故事类文本相比，它除了故事性的考虑之外，还需要注意作品语言和结构方面的韵律感。

如果说在小说等一般的叙事类作品中，文学文本的语音层成为了"透明"（茵加登）的存在，那么对于幼儿来说，故事语言的声韵感扮演着与故事内容同样重要的角色。由于幼儿通常需要通过大人的朗读来接受一个故事，因此，在他们对于一则故事的体验中自然包含了更多语言形式上的因素。相比之下，那些用富于韵律感的语言写成的故事更容易引起幼儿的阅读兴趣，也更容易被他们所记住。由此，幼儿生活故事特别讲究故事语言的节奏感和声韵效果。

我们来看下面的这则故事：

丁一小写字

任溶溶

丁一小写字，写来写去写不好。"对了，是我的纸不好！"他把姐姐的纸拿来写。

他用姐姐的纸写字，写来写去写不好。"对了，是我的笔不好！"他把姐姐的笔拿来写。

他用姐姐的纸、姐姐的笔写字，写来写去写不好。"对了，是我的位子不好！"他坐到姐姐的位子上去写字。

他用姐姐的纸、姐姐的笔，坐在姐姐的位子上写字，写来写去写不好。"我还有什么东西不好呢？"

姐姐拿起丁一小丢掉的纸，拿起丁一小丢掉的笔，坐在丁一小的位子上，身子一动不动，认真地一笔一笔写字。瞧，她写的字多好！

丁一小明白了："不是我的纸、我的笔、我的位子不好，是我自己不好。"

他像姐姐一样，身子一动不动，认真地一笔一笔写字。瞧，他写的字也好了。

这则故事使用了重复循环又略有变化的语言句式来表现情节的推进，前四个自然段构成了一种语段上的排比和递进，读来十分富于节奏感。与此同时，故事中"字""好""纸""笔"等字在不同句子停顿处的反复出现，也制造出了一种整齐而又活泼的韵律感。这些语言上的特点，鲜明地体现了幼儿生活故事特有的语言感觉。

与此同时，幼儿生活故事也常常通过故事情节的有序循环来制造一种结构上的韵律感。在上面的这则作品中，丁一小先后用"姐姐的纸"，用"姐姐的笔"，"坐在姐姐的位子上"写字的过程，体现了幼儿故事中最常见的结构循环和递进方式。除了形式上的美感之外，它所带来的结构上的稳定感，也能够带给阅读中的孩子一种特殊的安全体验。

下面的这则作品片段，也格外典型地体现了幼儿生活故事的结构韵律：

两个人的小屋

郑春华

这是一间小小的小屋。

小小的小屋里就住两个人：一个大，一个小。

大人管小人叫："大头儿子。"大人说：

"大头儿子，手不是穿在裤脚管里的。"

"大头儿子，牙刷不是刷耳朵用的。"

"大头儿子，别把鱼刺吃进去，鱼肉吐出来。"

……

小人管大人叫："小头爸爸。"小人说：

"小头爸爸，别看都是字的书。"

"小头爸爸，我替你把胡子涂成彩色的吧！"

"小头爸爸，我大便大好了！"

……

大头儿子跟小头爸爸在一张桌子上吃饭，在一张床上睡觉，还在一个脚盆里洗脚呢！

有一次，大头儿子差点儿把一枚分币吞进肚子里，小头爸爸很生气，拿出一把木尺，狠狠打他手心，打得大头儿子直喊痛死了！痛死了！

有一次，小头爸爸打碎一个盘子，大头儿子拿出一根羽毛，狠狠打他脚心，打得小头爸爸直叫痒死了！痒死了！

……

在这则故事中，关于小头爸爸和大头儿子的叙述构成了两个在意义和结构上互相对举的部分，它们极大地增强了故事阅读的韵味，也使得作品呈现出一种对称式的均衡之美。

（三）类型化的人物性格。

幼儿的阅读接受特点和幼儿生活故事的篇幅限制决定了这类故事不可能就人物性格展开过于细腻、丰富的表现。通常说来，幼儿生活故事只是对于人物性格的其中一个方面的突出表现，而并不像儿童小说那样追求对于角色完整性格及其成长过程的细致描摩。前面提到的《一块水果糖》《丁一小写字》等故事，个中角色塑造都具有这一特点。即便是在系列化的幼儿生活故事中，随着故事的叠加，主要角色的性格也很少发生质的变化。比如《大头儿子和小头爸爸》中的大头儿子、小头爸爸在全部故事中，几乎是以同样的性格面貌出现在读者面前的；同样，在《我和小姐姐克拉拉》中，"我"和克拉拉的个性从一开始就已经定型，并一直持续到最后一个故事。

与人物性格的类型化特征相呼应，许多幼儿生活故事在形式上也是类型化的。比如"弗朗兹"系列中的不少故事都形成了这样一个模式：起初是弗朗兹遇到了麻烦，接着是他为了应对这些麻烦好一阵忙活，之后总是峰回路转，麻烦不等弗朗兹去解决，自己已经消失无踪了。除此之外，大量幼儿生活故事都运用了《丁一小写字》《两个人的小屋》这样的循环叙述模式。

需要指出的是，角色性格以及故事形态的类型化并不意味着幼儿生活故事本身的平淡化。事实上，优秀的幼儿生活故事总是能从最类型化的故事形态中发掘出新的故事能量和令人惊喜的故事创意，这一点构成了幼儿生活故事的难度，却也是它的与众不同之处。

第十二章 幼儿戏剧

　　与幼儿文学的其他文体相比，幼儿戏剧是一个特殊形态的文体样式，它是与幼儿的身体操作和表演直接相连的一种文体。幼儿戏剧的形态与幼儿的心性之间有着天然的契合，在成人的引导下，它可以为幼儿期的成长提供特殊的身体和精神营养。

一、幼儿戏剧的概念

幼儿戏剧的名称包含了两个层面的内涵，它既是指文学层面上的幼儿剧本，也是指这一剧本的舞台表演呈现，这两者是相互合一的一个整体。对幼儿来说，不存在单纯文学层面的剧本，它总是落实在生动的舞台表演上的戏剧，在这里，剧本和表演是合一的。如果说对于成人以及年龄稍长的儿童来说，文学剧本本身也是一种艺术欣赏的对象，那么对幼儿来说，只有剧本而没有表演的戏剧是不存在的。幼儿剧本的存在就是为了在表演中得到落实，从而进入幼儿的接受世界。因此，谈论幼儿戏剧，我们不能将剧本与戏剧的表演分离开来——它既是文学，同时也是表演。这是幼儿戏剧有别于一般戏剧体裁的一个重要特点。

戏剧表演与幼儿的生命活动之间有着内在的联系。在幼儿的生活中，我们常常可以看到这样的天然"戏剧"现象：一个孩子将他的玩具和身边可及的各种物件排好座次，分配好角色，继而开始了一场自导自演的"戏剧"；在剧中，孩子可以为他自己以及他的玩具角色设计故事情节，并安排它们的命运。对幼儿来说，这样的戏剧表演有一种近乎仪式般严肃性、重要性，他们会格外认真地沉浸在自己的表演世界里，一旦我们不小心打扰了这个世界，就有可能接到来自他们的强烈抗议。"戏剧和儿童具有一种天然的、和谐的、紧密的联系。儿童天生具有戏剧扮演的冲动，儿童天生是导演，儿童还是演员、剧作家和导演的集合体"[1]。因此，尽管从戏剧创作和表演的现实来看，幼儿戏剧的文学剧本要先于戏剧表演，但从戏剧行为在幼儿生活中的发生来看，幼儿在戏剧表演方面的本能倾向显然要先于幼儿剧本的产生。可以说，戏剧性的表演是儿童游戏最常见的方式，戏剧行为与儿童生活之间有着重要的精神关联。

[1] 张金梅. 幼儿园戏剧综合课程研 [M]. 南京：江苏教育出版社，2005：39.

幼儿戏剧是以戏剧的形式来呈现一个适合幼儿接受的故事，在从故事向戏剧的转化过程中，它保留了故事性的元素，同时又增添了表演性的特征。理解幼儿戏剧，也需要同时考虑这两个方面的因素。

二、幼儿戏剧的分类

依照标准的不同，幼儿戏剧内部也存在着不同的分类。

从采用的主要艺术形式来看，幼儿戏剧可以分为话剧、音乐剧和歌舞剧。其中，幼儿话剧是以人物的对白、动作表演为主要手法来完成故事表现的幼儿戏剧形式，如方圆的《"妙乎"回春》、包蕾的《小熊请客》；幼儿音乐剧是将音乐和歌唱与戏剧对白、表演相结合的幼儿戏剧形式，它常常同时吸收舞蹈的艺术表现手法，从而成为将对白、音乐、歌唱、舞蹈等表现手法共同纳入戏剧表演的幼儿歌舞剧，如黎锦辉的《葡萄仙子》、迪斯尼音乐剧《欢乐满人间》。

从舞台表演者的身份来看，幼儿戏剧又可分为真人表演的戏剧和偶剧两种。前者是指由成人或儿童进行表演的戏剧，后者则是指通过木偶、皮影、手套、剪纸等各种"偶"来表演的幼儿戏剧形式，依其"偶"的质料区别，它又可以包括木偶戏、皮影戏、手指戏等样式。

从容量和场次来看，幼儿戏剧与一般儿童戏剧一样，可以分为独幕剧和多幕剧两种。简单地说，在戏剧表演中，舞台口的大幕启闭一次为一幕，独幕剧是以一幕戏来表现一个完整故事的戏剧，多幕剧则是由两幕以上的场景构成、亦即演出过程中舞台大幕启闭两次及以上的戏剧。出于对幼儿注意长度特点的考虑，适合幼儿欣赏的戏剧大多以独幕剧为主，以一幕一场的形式呈现故事，剧情短小集中，故事简单完整。

三、幼儿戏剧的艺术特征

幼儿戏剧在使用一般儿童剧艺术手法的同时，其独特的艺术特点主要是由它的主要欣赏和参与对象——幼儿的接受特点决定的。

（一）主题和题材贴近幼儿生活。

考虑到幼儿的生活理解能力，幼儿戏剧所表现的都是与幼儿日常生活密切相关的题材，其主题开掘也大多停留在这一范围内。比如幼儿剧《回声》（坪内逍遥／著），就是对于幼儿刚开始认识世界现象时的好奇和稚气的一种表现，同时也是对幼儿的一次早期行为礼仪教育。再如幼儿剧《照镜子》（柯岩／著），以"照镜子"的行为反映了幼儿期孩子的自我认同，并对孩子进行了生活教育。

当然，除了生活题材之外，幼儿戏剧也大量取用童话题材。但即便是幼儿童话剧，它借童话的角色、故事所表现的，仍然是与幼儿直接相关的生活或情感内容。比如柯岩的幼儿剧《小熊拔牙》讲了这么一个故事：小熊因为不听妈妈的话，不愿意刷牙，结果牙齿疼了起来，最后不得不让小兔大夫把病牙拔掉。显然，在这样一个童话故事的外壳之下的，作家所关心是让现实中的幼儿明白"不刷牙"的坏处，从而自觉养成良好的生活习惯。前面提到的作品《照镜子》，也是通过带有一定童话化的手法，来传达对幼儿进行生活教育的题旨。

在今天的人们根据童话或生活故事改编的许多幼儿剧中，直接的教育目的不再占据那么显眼的位置，但它们仍然以故事的方式表达着对于幼儿情感和生活内容的关注，其中包括幼儿的自我认同、幼儿期的同伴关系、幼儿对世界的认识和感受、幼儿期特有的恐惧和孤独体验等等。在幼儿的成长过程中，如何处理这些基本的生活和情感问题，都是有意义的话题。而幼儿戏剧正是通过对这些话题的特殊关注、思考和表现，来传达对于幼儿的生命关怀。

（二）剧情集中、单纯，戏剧冲突明确单一。

幼儿戏剧的剧情设计首先要考虑幼儿的理解和接受能力。和幼儿生活故事一样，幼儿戏剧的剧情应当集中单纯、线索清晰；而与幼儿生活故事相比，由于幼儿戏剧要完全依靠其中角色的对话、行动来表现剧情，而不能直接使用叙述语言的说明，因此更要注意故事在情节发展上的明晰度。要做到这一点，首先是剧中明确身份的角色数量要有限，而这些角色的性格展开也应当简明扼要。比如前面提到的作品《回声》，其中的角色只有三个：大郎、妈妈和那个不曾现身的"回声"，主角大郎在与回声对话的过程中行为意识的变化，也显得比较简单。与《回声》相比，《"妙乎"回春》的剧情略为复杂一些，剧中一共出现了五个角色：猫大夫、小猫"妙乎"和小兔、小牛、小鹅三个先后被"妙乎"当成病人的角色。不过由于这些角色都是依照次序先后出场的，同时，每个角色出场时，作者都会通过角色之间的对话清楚地交待它们之间的关系，因此，幼儿理解故事情节并没有什么困难。

幼儿戏剧也讲究戏剧冲突，它是剧中故事吸引孩子的一个重要因素。不过，在幼儿剧中，戏剧冲突的设置同样要求明确单一。例如，在《"妙乎"回春》里，推动着剧情发展的一个基本冲突，是小猫"妙乎"的"什么也不懂"和它的"什么都装懂"之间的冲突，它具体表现在"妙乎"与被它当成病人的三个动物之间的冲突上。这一冲突沿用了幼儿叙事类作品最常用的三段式手法，通过三次结构相似的情节循环，使得戏剧气氛慢慢膨胀起来，最后在"妙乎"被它的三个"病人"捉弄的情节中达到顶峰，并在它意识到自己的缺点时得到消解。对幼儿来说，剧中冲突的推进既遵循着令人熟悉的模式，又充满了出人意料的幽默，这样的表演是最具有观赏性的。

（三）对白口语化、韵律化，适合幼儿语言发展。

大多数幼儿戏剧的主要表意手段是角色的动作与对白。考虑到幼儿的语言能力，这些对白所使用的都是用词普通、句式简单的儿童口语，其意义的层次十分清浅，很少包含反讽、双关等复杂的语言技巧。幼儿戏剧的语言也追求幽默感，但它不像成人语言那样主要通过语意层面的内在关系来制造幽默，而是通过话语行为本身来营造直观的幽默。比如孙毅《一只小黑猫》中这段发生在一只还不会捉老鼠的小黑猫和一位老爷爷之间的对白：

小黑猫：老鼠是什么样子呀？

老爷爷：好，你用心听着，老鼠啊是尖尖的嘴……

小黑猫：尖尖的嘴是小鸡呀！

老爷爷：不，还有细细的尾……

小黑猫：细细的尾是乌龟呀！

老爷爷：不，还有四条腿……

小黑猫：四条腿是小狗呀！

…………

在上面这段对话中，小黑猫迫不及待地抢着答话而每次又都答错的话语行为，才是最令小读者感到好玩的地方。

幼儿戏剧的语言在追求儿童口语化表达的同时，也比一般儿童戏剧更多地使用韵文体的语言。上面这段对话中就包含了不很明显的韵文元素，其中在句尾和句中出现的"嘴""尾""龟""腿"四个同韵字，使简短的对话具有了一种颇为整齐的音韵感。再如下面这段选自《小熊拔牙》的独白：

哎呀，答应过妈妈洗脸呀！

先洗洗小熊眼，

再擦擦熊嘴巴，

熊鼻子抹一抹，

熊耳朵拉两拉，

熊头发梳三下，

嗯，就不爱刷牙。

类似这样的韵文体独白，在幼儿戏剧中很常用，它不仅迎合了幼儿读者对于语音韵律的敏感和喜爱，也有助于幼儿更快地熟悉和学会这些语言。

（四）阅读与表演相合一。

如前所述，幼儿戏剧是一种剧本与表演不可分离的艺术样式。对幼儿来说，戏剧或许是唯一一个不适合父母朗读给他们听的文体，事实上，我们很难想象年幼的孩子可以从同一个人的朗读声音中顺利分辨出戏剧中的角色关系、情节推进等等。因此，一个幼儿戏剧的呈现总是落实在舞台表演而非剧本的阅读上，这是幼儿戏剧的一个十分重要的特征。

由于幼儿戏剧是阅读与表演相合一的一种文体，因此，幼儿文学的综合性在它身上表现得格外充分。它可以包括语言、身体动作、游戏、音乐、舞蹈等多种表现手法，同时，欣赏幼儿戏剧的孩子可以是坐在观众席上看戏的孩子，也可以是在舞台上参与表演的孩子，对前者来说，戏剧欣赏是通过一种观看中的移情体验的方式完成的，而对于后者来说，欣赏就是表演，而表演也就是一个特殊的欣赏过程。在幼儿园里，在家中，让孩子参与一个戏剧故事的扮演，这是对故事的一种特殊"阅读"。

幼儿戏剧的表演过程常常有意识地为幼儿观众提供参与和互动的机会。由于幼儿的思维特征使得他们很容易进入到想象性的故事情境中，面对这样的观众，一些预定的互动设计通常能够得到比较顺利的实现。不过，英国儿童剧作家大卫·伍兹在《儿童戏剧》一书中也提醒我们注意，对于年幼的孩子来说，戏剧表演中的这种观众参与设计也有其限制。他举例说，在一出童话剧的演出过程中，如果舞台上的主要角色在逃亡过程中向舞台下的幼儿观众求助，年龄较长的孩子能够在融入剧情并认同剧中角色的基础上，帮助主要角色逃脱困境（例如，当剧中对主角不利的"坏人"向儿童观众询问主角的去向时，孩子们会给他指出一个错误的方向），但三岁左右的幼儿则无法胜任这一参与工作（他极有可能会毫无保留地指出主角藏身之处，因为他还不懂得如何用语言进行掩饰，因此也就无法按照剧本的预期参与到情节的表演中）。[1] 这意味着幼儿戏剧的剧本和舞台设计应当更为充分地考虑不同年龄段幼儿观众对象的身心发展特点。

[1] David Wood & Janet Grant. 儿童戏剧：写作、改编、导演及表演手册. 陈晞如，译. 台北：台北华腾文化股份有限公司, 2009: 2-36.

下编

感受幼儿文学

第十三章 生命的映像与情怀

　　幼年时代是我们获得对生活、对世界的最初映像的阶段，也是奠定我们最初的生命感觉和情怀的阶段。幼儿文学的一个重要价值，正在于它能够以儿童文学特有的力量，有力地参与塑造这一人生最初阶段的精神。也因此，幼儿文学自身的精神底子里，也应当包含一种深广的生命意识和宽厚的人文情怀。

一、文字和图画里的生命节律

◇《跳舞的熊》封面

《跳舞的熊》是一本涉及自然、生命、自由、动物保护、生态意识等多重主题的图画书，但它首先是一则诗意、清新、充满叙事和情感张力的图画故事。葱绿茂密的树林中，一头熊用自由的舞蹈来表达他内心抑制不住的那份生命的欢愉感，直到它被一群头戴红帽的人囚禁入一个大铁笼，带到集市上。在这里，熊不得不用它曾经如此热爱的舞蹈，来换取观众粗俗的哗笑和饲者卑微的粮食。它怎么能忍受这一切呢？趁着夜色，熊逃跑了，它回到了树林山峦和清风明月的怀抱，也重新找回了自由舞蹈的快乐。

作为这部图画书的中心意象，"跳舞的熊"是一个有着双重含义的特殊意象。它既是指森林里自由自在的那头"跳舞的熊"，也是指锁链间无可奈何的那头"跳舞的熊"。如果将作品中间熊在集市上跳舞的画面与作品最后熊在山顶跳舞的画面作一个对比，我们会发现，这两个动作之间是如此相像，然而它们所指向的内涵却是如此不同：前者是背负着被迫求乞的耻辱而起舞，后者则是迎着生命自由的光亮而起舞。这两种截然不同的意义在同一个意象上的叠合，使得这个意象本身被赋予了意义和情感上的特殊张力，它所包含的自由与禁锢、欢乐与痛苦、人的欲望与自然的权利、人的价值与其他生命的价值的对立和矛盾，让我们在读完这本图画书之后，并不容易那么平静地接受故事快乐的结局，而是在难以拂去的情感的激荡中，温习它所带给我们的关于自然与生命的换位思索。

为了使图画书保持这样一种生命故事的庄重意味，作者有意不将它处理成一个普通的童话故事，而是在动物故事与童话之间寻找到了一处特殊的空隙，来讲述"跳舞的熊"的遭遇。作品中的熊有着自己的欢乐悲喜，却从未像童话里的动物那样开口说话，也不曾与人类有任何语言上的交流。相反，在面对来自人类的骚扰和侵犯时，熊是沉默的、无语的，它的所有情绪只是从它的肢体语言中自然地体现出来的。作者似乎是刻意地要让我们感到，这不仅仅是一个虚构的故事，也是一头熊的真实的命运。在文字部分，作者杰·沃尔甚至避开了儿童图画书中常见的为这头作为主角的熊取一个名字或加一个特指定语的手法，而是以具有泛指性的"熊"的统称，来指代故事里跳舞的熊。这在一定程度上使作品主角的命运更像是整个群类而不仅仅是一头熊的命运。上述看似不经意的手法进一步加强了这本图画书的思想和情感的力度。如果说通过这个故事，作者还希望传达对于作为人类的我们的某种批判的反思，那么这些手法无疑有助于让这一批判变得更有力度，也更令人印象深刻。

当然，承载着所有这些生命蕴含的《跳舞的熊》，首先是一本儿童图画书。也就是说，它必须以孩子们、包括年幼的孩子可以理解的方式，来讲述这个故事，以及传达个中意味。我们注意到，这部图画书的故事有着简明的叙事线索和清晰的悬念转折，并且沿用了承袭自民间故事传统的"回归"母题和三段式结构。它很清楚地分为三个部分：围绕着熊从自由到被捕再到回归自由的情节推进，故事场景分别从代表自然的森林挪移到人类的聚居场所，又从这里返回自然，整个叙事过程显得十分干净利落。因此，尽管作品所传达的意味中包含着一份略显深沉的思想和情感的重量，但它并不妨碍一个孩子对其故事精神的基本领会和理解。

更重要的是，瑞士插画家莫妮克·弗利克斯为本书所绘的插图，为图画书的故事提供了另一个视觉直观的、充满形式美感和儿童情趣的特殊的叙述层次。这些大多以跨页大画面的形式出现在纸页上的插图，以其色彩的丰富、鲜亮、柔和以及构图的幽默、智慧和创意，在诠释和丰富故事情节，传递

◇瑞士童书插画家莫妮克

和渲染情绪氛围，以及发掘和表现图画书的思想内涵方面，发挥了重要的作

用。它既是整部图画书艺术上的重要构成部分，同时也为儿童读者更好地进入故事理解提供了一个重要的媒介支点。

莫妮克是知名的瑞士童书插画家，她的以小老鼠为主角的八册无字图画书系列在 2003 年由明天出版社引介到国内，其纯以童话画面讲解儿童生活概念的趣味与意味，展现了无字图画书独特的叙事艺术魅力，也给国内读者留下了难忘的印象。而在这部《跳舞的熊》中，莫妮克以另一种与这套无字书系列相比迥然有别的插画风格，再度展示了她不寻常的图画叙事才华。

如果说《跳舞的熊》的文字叙述部分更多地体现出一种简朴、收敛的语言风格，而并不追求对环境、氛围以及角色心理的细致描摩，那么该书插图部分则自觉地承担起了对于文字的上述补充叙事功能。而且，这种叙事所涉及的不仅仅是时间性的叙述推进，更是利用画面特殊的空间表现能力，来传达作品中一些往往难以用语言符号准确描绘的微妙的生命感觉。

比如作品扉页之后的第一个跨页画面，大幅铺开的青绿颜色衬着由远及近、由淡至浓的树干的褐色，将皮毛颜色最深的熊的形象，推到了整个画幅的前景中心。熊的身体左倾约四十五度站立，它所围抱着的那株树干则呈现约八十度角的斜右倾侧，这两个方向相对的倾侧运动巧妙地打破了森林背景上大量平行直立的树干所造成的板直感，从而营造出一种俏皮的自然生趣，但又仍然保持着画面的均衡感。与此同时，就在这株树干上方，斜向下还伸出一根细长的枝条，枝上栖着两个蓝色知更鸟，另有一个似乎正准备降落在枝条上，它们所带来的向右下微坠的重量感，似乎再次打破了画面的平衡；但这股力的作用恰好与树干下方和它平行的熊的站立着的身体，形成了又一次力的平衡。在这样的画面处理中，我们一方面感受到了森林宽阔、茂密和未被外物打扰的那份宁静，另一方面又体会到了这里无处不在的勃勃生机。阅读画面时，我们的目光先是掠过森林的背景，落在画面中心的熊身上，继而跟随着倾斜的树干以及熊的目光，望见了枝头的知更鸟，最后又随着知更鸟啼鸣的方向，重新回到作为画面主角的熊的身上。这种空间的流动感进一步增添了画面的生气，并为接下去熊所跳出的那支欢快的生命之舞，做好了氛围和情绪上的铺垫。

◇《跳舞的熊》内页

　　与杰·沃尔偏于客观的文字风格相比,莫妮克的插图也完整地呈现了随着故事情节的展开,发生在熊身上的主观情绪的转变。在森林里跳舞的熊是快乐的;被塞进笼子时的熊带着些许不解的表情;关在笼子里饿肚子的熊感到了沮丧和害怕;被许多人拽着项圈的熊显得格外愤怒;从笼子里逃走的刹那,熊的眼睛似乎闪过一丝坚定的向往;奔回森林后,熊又成为了快乐的熊……所有这些情绪透过熊的动作,特别是熊的眼神,生动地传达出来,以至于我们可以想象,一个年纪还小的孩子,仅仅通过一页页翻阅这些画面,就能够大致不差地说出故事里发生了些什么。

　　像许多有趣的图画书一样,《跳舞的熊》的插图中也藏有不少特殊的细节。它们有的是对于故事情节走向的某种隐秘的暗示。比如在故事开始后的第三个跨页,当夜色开始降临,几乎占据整个画面的棕黑色的熊惬意地衔着一小簇野花在草地上手舞足蹈,任由月光"挠着他的脚掌"时,细心的读者会注意到,就在画面右上方不起眼的一角,远处的山路上,正隐约行进着一辆红色的驾人马车。这是故事开始以来,画面上第一次出现不属于森林的事物,它会给故事的情节发展带来什么变化吗? 在接下去的阅读中,我们很快

一直跳到月儿船上。　　　　　月光睡着她的御宴。

◇《跳舞的熊》内页

会知道，远处的这辆车子正是后来那辆把熊运出森林的笼车。同样，在紧接着该页的下一个跨页画面上，当熊跳完了舞，美美地在草地上入睡时，不远处绿色的树干后，隐现着一些戴红帽子的偷窥的脑袋。显然，这正是后来熊所看到的那些把它塞进笼子的人们。尽管该页的文字叙述依然专注于表现熊的快乐，丝毫不曾提及有关人的话题，但我们却从这些红帽子所围成的包围圈里，提前感受到了正在逼近熊的危险。

另有一些画面细节，在作品中包含了特殊的象征意味。比如曾在画面上反复出现过的那个淡黄色的月牙儿的意象。图画书中，这个月牙儿的意象先后出现了五次，而且都是在熊拥有自由的时刻。我们看到，当熊在草地上跳舞和睡觉的时候，月光就流泻在它的身上；而从它被抓起来运出森林的那一刻开始，月亮消失了，即便到晚上也没有再出来；直到熊最后逃出笼子，奔回山林，淡淡的月牙儿才重新出现在了画面的右上方。在作品最后的那个画面上，这枚细细弯弯的月亮再次见证了重获自由的熊的舞蹈。显然，月亮和月光的意象在这里除了承担布景的功能之外，也象征着自然和自由。正因为这样，在熊被抓走前的两个跨页画面上，画家才有意运用一种带有超现实意味的画法，让月牙儿如童话般落在了睡着的熊的怀里——这一刻，睡着的熊在梦中仍然拥有自由，但当他醒来，自由将像它怀里的月亮那样，在现实中消失。

对孩子们来说，这样一些画面细节构成了图画书阅读乐趣的一个重要来源。在成人的提示下，他们能够迅速找出这些细节，并据此补足自己正在试图建立的那个故事理解的框架。但很多时候，他们更懂得如何凭借自己的观

◇《跳舞的熊》内页

察去发现画面上这些不起眼的视觉细节，因为他们太明白由于"尺寸"小而被忽略是怎么回事了。如果你对年幼的孩子阅读图画书的能力有所怀疑，那么就去看一看他们发现细节的能力吧。我猜想，阅读《跳舞的熊》，许多孩子会在许多成人之前，敏感地发现那辆不祥的红色马车的踪影，以及那枚淡淡的黄色月亮的秘密。

我也相信，透过这本图画书的文字与画面所传达出的自然生命节律以及与此相连的那份自由、珍贵的生命感觉，尽管可能超出了一个幼小的孩子智性理解的范围，却会伴随着孩子的故事接受，以一种特殊的方式融入到他的心灵结构中，继而潜在地影响他对自然、对自己、对世间一切生命的态度。

◇《跳舞的熊》内页

二、童年叙事中的智慧与情怀

1984 年，一个名叫"弗朗兹"的金发碧眼的奥地利小男孩走进了德语儿童文学的故事长廊，他的创造者是奥地利知名的儿童文学作家克里斯蒂娜·涅斯特林格。或许是故事里可爱的男孩给作家带来了好运，同年 10 月，涅斯特林格从国际儿童读物联盟捧走了世界儿童文学最高奖项——国际安徒生奖的勋章。而这是安徒生奖设立以来，奥地利儿童文学作家第一次获此殊荣。

◇儿童文学作家
克里斯蒂娜·涅斯特林格

在获奖后近三十年的时间里，涅斯特林格以惊人的耐性为弗朗兹陆续写出了一系列新的生活故事。这些故事的场景始终停留在一个普通小男孩狭窄的日常生活边界内，它们所传达的情感也从未超出一个普通孩子有限的日常感知范围。但恰恰是在这样一个狭小的故事空间里，涅斯特林格以其丰沛的叙事才华和深挚的童年情怀，让我们看到了一位优秀的世界级儿童文学作家对于童年和儿童文学所怀有的睿智而又深刻的洞见。

◇"弗朗兹"系列封面

"弗朗兹"系列是这样一部"稀有"的当代幼童生活故事集：在任何时候翻开它的任何一个分册，我们都会被其中引人入胜的故事情节、生动幽默的叙述语言和神采飞扬的童年生活细节所深深吸引。涅斯特林格太清楚怎么讲好一个故事了。从弗朗兹的每一次出场开始，安排在故事里的一连串悬念就开始启动起来，它们带着某种恶作剧的窃喜，将毫无准备的弗朗兹从一个麻烦抛向又一个麻烦，从而令整个故事都布满了喜剧性的意外和惊喜。而就在小男孩忙不迭地拆解这些生活难题的过程中，作者也已经不露声色地把一份同样属于他的生活的甜蜜，悄悄地摆到了他的面前。

作为一个写给低龄儿童的系列作品，弗朗兹的许多故事在总体上带有模式叙述的某些痕迹。这样的处理一方面是出于对幼儿读者文学接受能力的照顾，另一方面也是为了让故事能够适应和吸引一个更广大的读者群。然而在特定的模式框架下，作家充满创造力的故事智慧又总是把我们远远地带离有关模式的各种期待，而令我们心满意足地沉浸在一种难以抗拒的叙事魅力中。关于弗朗兹的这些故事无疑写得太精彩，以至于该系列中文译本的责编之一、一位同样充满才华的当代儿童文学女作家在第一次读完这部作品之后，都有点舍不得让它出版了。

◇儿童文学作家克里斯蒂娜·涅斯特林格

涅斯特林格深谙儿童故事的编织艺术。在看似夸张而又恰到好处地渲染出童年生活天然的稚拙与幽默感的同时，她所讲述的每一则故事都包含了一次充满悬念的叙事游戏。故事里的弗朗兹每遭遇到一个生活中的问题，就像触动了早已安置在故事中的某个机关，使之开始沿着恶作剧或误解的轨道迅速滑动起来。比如，当弗朗兹在困倦中将算术作业统统写错时，围绕着作业簿发生的一切倒霉的事情才刚起了个头儿；接下去，试图弥补过错的弗朗兹先后经历了"墨水杀手"失灵、作业本掉进浴缸、爸爸写的说明条被雨水洇糊、自己又因为紧张而在老师面前失声等一拨接一拨的麻烦，直到最后佳碧帮他想出录音机的绝妙点子，才解决了弗朗兹的烦恼。

作为读者，我们是怀着复杂的感觉望着这一切发生的。很多时候，我们既盼望着尽快消除这种悬念的堆积膨胀所带来的越来越强烈的紧张感，又舍不得这份维持着故事的紧张感在某个极点忽然消失得无影无踪；既本能地期待着有什么事件来截断这一滚雪球般的情节运动，又不无好奇地想要探知它究竟会把我们带到想象力的哪个边界。而当作家在故事情节即将脱轨的刹那轻巧而又圆满地将它们收住时，我们的全部紧张的期待都化作了对于童年生活情味的由衷微笑和对于作品叙事技巧的由衷赞叹。

如果说"故事"的成功是这部作品最为引人注目的一个艺术亮点，那么在整个"弗朗兹"系列中，与充满喜剧感的故事并行不悖地运行着的，还有另一脉容易被我们忽视的精神潜流。它表现为作品对看似简单的童年时空所能够容纳的复杂生活内涵的充分认知，对看似清浅的童年世界所需要应对的复杂生活问题的深刻体认，以及在这样的过程中，它透过童年所揭示给读者的有关人间生活的某种珍贵况味。

故事里的弗朗兹从来不是生活在一个真空的童年世界里。普通人可能遭遇的各种烦扰也在小男孩弗朗兹的生活中自然而然地展开着，其中包括一些似乎完全属于成人世界的纠葛。最典型的或许是弗朗兹和姥爷的故事：弗朗兹的一次冲动的打赌将一家人卷入到了一场尴尬的"寻亲"遭际中，并给家里带来了一位不那么受欢迎的"姥爷"。故事的童年写作视角并未掩盖这一事件所指向的属于生活与人性的某些隐秘而又复杂的私心缺憾，作家甚至有意让这份缺憾在日常生活的场景中自然而然地展露出来。尽管作品借弗朗兹无意的举动让这份缺憾得到了可能的弥补，但它也忠实地保留并呈现了现实的无奈感。也就是说，在童年的单纯与现实的复杂之间，作品建立起了一个可信的平衡点，从而既充分张扬了童年的浪漫精神，也充分尊重了童年的生存现实。而显然，正是在这样一个没有人能够脱身的生活与人性的真实困境中，童年所代表的那份单纯的关怀才显得尤其珍贵和意义重大。

事实上，作品对于其中的童年主角弗朗兹的塑造，也毫不避讳现实生活的烟火气味。故事里的弗朗兹既怀着十二分的单纯和真诚投入到与身边的家人还有同龄朋友之间爱的交流与付出中，可当他明明白白感到自己的感情在现实中受到伤害的时候，也会生出些小小的算计。在圣诞夜前夕，他将佳碧准备好的两份礼物调了个包，从而让自己得到了那个漂亮的手表，扳回了公平的一局；在帮"女生足球队"踢平比赛后，为了给之前看不起他的男生们一个教训，他居然顶住诱惑，第一时间拒绝了他们的邀请。有的时候，我们甚至会忍不住想，这个名叫弗朗兹的男孩可真不是个简单的孩子！但生活中又有哪一个孩子可以被简简单单地看待呢？作家用这样一种方式提醒我们关注童年生命与精神存在的某种"真实"状态，从而促使我们更为深切地领会到从这种"真实"中孕生出来的属于童年的真诚、单纯与善良的可贵。就像在领教了佳碧的所有缺点之后，弗朗兹仍然可以为了佳碧给予他的友情，一如既往地保持着对这位小女朋友的真诚、信任和爱护。

这就是真实的童年。它不是与世隔绝的桃花源，而是和我们每个人一样身处日常喧嚣的深处，并努力学着把成长的根须慢慢探进这个世界。正是在这样的过程中，来自童年的那份真纯自由的性灵之美，才成为了穿越并照亮我们这个世界的一束光芒。

因此，对于"弗朗兹"系列故事来说，在所有故事的最深处，埋藏着作家对于童年生命的至诚关怀。我们看到，在涅斯特林格的笔下，属于一个年幼儿童的对于长大的渴望、对于自我身份尊严的固执、对于日常生活中的紧张和恐惧感的独特体验，以及与"爱情"有关的小小的嫉妒和心机，都得到了自然酣畅而又趣味十足的呈现。而与此同时，这种对于童年心理感觉的准确把握，又总是与另一份深情而又智慧的童年关怀结合在一起。它们悄无声息地融化在这样一些不经意的细节里：一位爱面子的母亲在收到弗朗兹亲手为她制作的古怪的母亲节帽子之后，一面想方设法要摆脱它带来的尴尬，一面却也可以为了保护小儿子爱的自尊，毅然戴着这顶"可怕"的帽子走上街头；一位个性十足的奶奶，一边用最适合的方式帮孙子挽回了一场圣诞礼物的误会，一边又用如此令人难以觉察的体贴打消着弗朗兹心里的愧疚，让他相信自己带来的麻烦并没有真的成为麻烦；还有那位普通的女校长，在听完一个迟到孩子的解释之后，没有一声责备地将弗朗兹轻轻推进教室，并不露声色地帮他解除了被老师责问的难题……在"弗朗兹"系列带给我们的无数充满笑声的阅读快乐中，遍布着这样一些动人的生活细节，它让我们在童年游戏的快意中不由自主地停下脚步，去静静地体味它们所包含着的寻常而又珍贵的爱的信息，去学着领会它们所传达出的那份平淡而又深刻的童年理解。

也正是这样一些细节和它们所指向的童年精神的深度，让"弗朗兹"系列在一个令人眼花缭乱的儿童文学的游戏时代，在无数朝向童年情趣的儿童故事写作之中，拥有了一份与众不同的经典的气息。它使我们想起从瑞典作家林格伦笔下走出来的那些著名的孩子：长袜子皮皮、小飞人卡尔松、小家伙……半个多世纪过去了，从林格伦开始的童年游戏精神正在越来越演变为一场儿童文学写作的当代狂欢；然而只有在那些真正领会了游戏精神精髓的作品中，我们才能看到同样始于林格伦的那种对于现代童年生命的发自内心的尊重、理解与关怀。因此，2003 年，当瑞典政府为其设立的首届林格伦纪念奖寻觅一位秉承林格伦儿童文学创作精神的杰出作家时，这份世界上奖金额最高的儿童文学奖项的殊荣，理所当然地落在了涅斯特林格的身上。显然，以林格伦的名字命名的这份荣誉，是对这位将智慧与情怀献给童年的奥地利女作家最贴切的理解和褒扬。

三、玩具世界里的童年生活映像

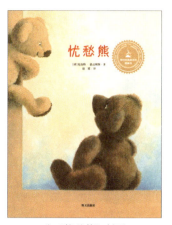

◇ 《忧愁熊》封面

清晨的玩具店一片寂静，玩具熊们还在熟睡中，却有一双写满忧愁的眼睛，在黑暗里孤独地睁着……

荷兰图画书作家、插画家夏洛特·德迈顿斯以这样一个充满悬念感的叙述，开始了《忧愁熊》的故事。跨页的大画面上，幽蓝的夜色笼罩着各种睡姿的玩具熊，他们有的躺着，有的趴着，有的坐着，还有的大概玩过了头，都来不及爬下玩具车，便在座垫上靠着车龙头怡然睡去。而就在这沉沉睡意的中央，在一个孤独的木格子里，一只小小的玩具熊固执地睁着眼睛。他是谁？他睡不着吗？他为什么会睡不着？

洗衣熊的叫嚷多少揭开了一点点谜底。当其他玩具熊轻车熟路地把衣服纷纷交给洗衣熊们浣洗时，小熊显然很不适应这一切。来自洗衣熊的家长般的指示，在他听来更像是一个带有欺凌意味的命令。他一定是新来的吧？于是，一场想要帮助这个新成员的行动在玩具店里热热闹闹地开展起来。北极熊给了他毛绒绒的拥抱，蜂蜜熊要和他分享蜂蜜，大大熊发动大伙儿一起帮他找家人……可惜这些热情的举动都没能缓解小熊的紧张。就在大家忙成一团的时候，沿着画面中央的木格板线，悄悄地爬下来另一只小小的熊——多嘴熊出场了。他的**啰哩啰嗦**的絮叨从"发愁"的话题开始，但这些唠叨与其说是在和小熊分享"发愁"的体验，不如说是在帮他打消这些忧愁。不用说，坐在"那么高的架子上"，一个不小心"掉下去，落到地上"，自然是件值得发愁的事情；但接下来，被一个孩子"又是抱"，"又是亲"，和他一起旅行、玩耍，一起挤在汽车后座上，彼此紧紧地靠着，这可不再是令人发愁的事情，而是想起来就叫人觉得安心和温暖。

于是，我们看到，伴随着多嘴熊的絮叨，画面上小熊的身姿慢慢发生着变化：他开始从背对着我们的孤单而沮丧的姿态里走出来，把脑袋转向了多嘴熊的方向，紧接着，身体也随之转了过来，与多嘴熊面对面地坐着。他的孤单而忧伤的眼睛，第一次拥有了一个可以对视的朋友。

德迈顿斯借这么一个孩子们最熟悉的玩具熊的故事，来表达童年时代最常被体验到、却也最容易被忽略的孤独感和忧愁感。这感受发生在许多这样的童年生活情境中：一个孩子，从熟悉的家忽然来到另一个新的环境，不得不暂时离开熟悉的亲人的陪伴，去学着独自面对和融入这个环境。因此，故事里满心忧愁的玩具小熊，其实也是现实中每一个曾经或正在体验这份忧愁感的孩子的情感投射对象。当小熊终于也拥有了一个可以"紧紧地靠在一起"的朋友，经历了整整一夜担忧和疲倦的他终于"睡着了"，所有他曾体验过的孤独、忧愁和焦虑，在这一刻完全融化在了另一种舒缓、安然的情绪里。

在这个过程中，画面的主色调也发生着微妙的转变，从清冷忧郁的蓝色调慢慢转向煦暖开朗的橘色调。这转变既是故事里时间推移、天光变化的暗示，同时也是小熊心理情绪变化的写照。在图画书的末尾，忧愁熊依偎着多嘴熊沉沉睡去的画面上，那笼罩着整面柜台墙的温暖的橘色，与故事最初散发着幽蓝色的相近场景形成了鲜明的对比——那个在一片睡意中独自醒着的小熊无疑是忧愁的，但那个在清明的晨光中独自恬然入睡的小熊，则向我们传递着一份足以抚慰心灵的安宁和满足。从这个画面回过头去看，我们会感觉到，不只是多嘴熊、洗衣熊、北极熊、蜂蜜熊、大大熊，以及玩具店里所有其他的熊，其实都曾为小熊的这份安宁和满足贡献过他们的关切与温暖。或许，等小熊醒来，他会感到自己已经完全成为了这个大家庭的一员。

德迈顿斯的插图常富于叙事和细节的独特创意，她喜欢在画面中探索图画书视觉表现力的更远边界，带领小读者体验各种各样挑战规范的文本游戏。这部图画书也不例外。比如，在多嘴熊与忧愁熊交流"小孩"话题的那个画面上，他们之间的问答就是作者设计的一个特别的文本游戏："你见过小孩吗？""见过。""见过？在哪儿？""就在那儿！"然而，我们从画面上却看不到任何小孩的身影，只见两只玩具熊同时转过身来面向我们，忧愁熊

◇《忧愁熊》内页

的一只手臂也指向着我们；与此同时，其他忙活着的玩具熊忽地停下来，把惊讶的目光一致投往了这个方向。这个共同的视觉动作令我们猛地意识到，对话中的"那儿"，指的不是故事内的某个虚拟空间，而是在文本之外，那个正在翻读故事的真实的孩子所处的现实空间。真的，一直"看"着故事里的玩具熊们忙来忙去的，不正是"这个"阅读图画书的孩子吗？通过这样穿越文本的游戏，作者让小读者意识到，他不只是这个故事的一个普通的阅读者和旁观者，同时还是它的亲身参与者，是影响故事进程的其中一个元素——谁能说，在故事最起初的时候，来自画面和文本之外的"这个"孩子的目光，不是令不明就里的小熊感到不安的原因之一呢？

借着图画书独特的画面语言，德迈顿斯也赋予了忧愁熊的故事以更丰富的叙事细节和趣味。尽管忧愁熊无疑是这个故事的第一主角，但大多数时候，他只是画面中一个小小的形象，而和他一起分享整个空间的则是一大群各式各样的玩具熊。于是，当我们的目光从文字叙事的提示中延伸开去，落到每一画面的各个角落，便会发现作家笔下玩具熊的世界原来还藏有如此多的情味和趣味。比如故事起始的大画面上，每一种玩具熊都有着各各不同的酣睡姿态，这些姿态令我们联想到玩具熊们各不相同的脾气、性格。在玩具熊逐一醒来后的画面中，这些性格得到了更丰富的展示：忙碌的洗衣熊们，像是这个玩具世界的一群苛责而尽职的管家；戴红帽的小灰熊们，显然有着比其他玩具熊更为活泼顽皮的天性；蜂蜜熊吃起蜜来好不邋遢，一大坨蜂蜜从他的手掌滴落下来，惹恼了底下圆耳朵的小灰熊；两只棕色的玩具熊临时"霸占"了另一只熊的三轮车，乐滋滋地玩起了双人杂耍……这是一个充满生机的玩具世界，也是一个充满欢乐的游戏世界，只要善于观察，孩子们一定会从作品的阅读中体验到更多发现的惊喜。对童年来说，这样的观察和发现，无疑构成了图画书阅读的另一半无可替代的阅读趣味。

四、从生活到故事，从故事到生活

◇《大狗巴布》封面

对年幼的孩子来说，一则故事是比许多言谈更能帮助他们学习理解自己所生活的这个世界以及生活本身的一种特别方式。儿童故事从其诞生伊始就深切地体认和践行着这一点，它的相当数量的作品，其主旨即在于借由故事的通道来促进孩子在生活中的认知、情感和行为等方面的成长。《大狗巴布》正是这样一部包含了生活教育内涵的图画书作品，它从幼儿生活习惯养成的角度出发，旨在通过故事向幼儿读者传递一种长期为欧洲传统价值观所赞许的清洁、自律的生活观念。

故事起始于男孩马克与大狗巴布在公园里尽情嬉戏的场景，然而一个孩子与一只狗的这份单纯的快乐很快被一个意外"事故"带来的烦恼所吞没：巴布无意中"吃"下了一只黄色的小鸟儿。为了解救巴布肚子里名叫杰瑞米的小金丝雀，小猫凯西、兔子罗杰和猫头鹰奥斯卡先后试用了各自的办法，但都没能解决问题，直到金丝雀妈妈的出现才让巴布摆脱了身体和精神的双重烦扰。杰瑞米终于飞出了巴布的肚子。于是，这只为了逃避打扫自己房间的责任而惹出风波的小鸟，不得不去巴布的大房间里领受一顿小小的惩罚。故事的结局皆大欢喜：马克和巴布又可以快乐地玩耍了，而杰瑞米再也不抱怨打扫自己房间的事儿了。

尽管故事用了一个小男孩马克的角色作为"障眼法"，但有经验的读者很容易就能看出，小金丝雀杰瑞米才是故事所真正对准的那个生活中的孩子的一种变形呈现。从这个故事角色身上，我们可以看到属于古往今来无数童话主角的一个恒久的"出走"母题：对于某一生活命令的违抗使主人公离家出走，继而遭遇危险，最后则化险为夷重新回家，并自愿接受曾经违抗过的命令；一个成长的小循环就此完成。我们可以说，这也是一个孩子在其长大的过程中需要反复经历的一个恒久的生活母题。认识到这一点后再来看图画书的开头，我们便会发现，大狗巴布的故事其实并不是从关于马克和巴布的叙述开始的，而是从在此之前的没有文字的扉页上，一株光影斑驳的绿树和树身上那个黑色的洞穴，以及从洞穴中蜿蜒伸出的飞行线就已经开始了。第一次打开这本图画书的时候，扉页的叙述对读者来说仿佛是缺乏意义的，只有随着故事情节的展开我们才会慢慢明白，扉页上的这个树穴就是杰瑞米的家，这个故事的完整叙述正是由杰瑞米最初的离家出走开始的，尽管我们并没有从这里读到有关它的任何文字的叙述。由于这样一种捉迷藏般的情节读解的体验而带来的快意，是属于图画书的一份独特的阅读乐趣。

当然，对于年幼的读者来说，这本图画书首先吸引他们的一定是它的被处理得格外游戏化的故事情节。这里面包括一种模棱两可的文字游戏。金丝雀杰瑞米是自己飞进巴布的肚子里的，所以当故事里的大狗巴布说"我把他吃掉了"，"我吃了一只天真的小鸟儿"时，他所说的"吃"既完完全全地

指向 "吃" 这个词的物理意义，但又不再是我们日常生活中习用的那个主动态的动词，而是被填充进了一份被动的无奈。它在为故事带来幽默感的同时，也为接下去兔子罗杰、小猫凯西和猫头鹰奥斯卡的出场做好了铺垫。在此之后，小猫凯西、兔子罗杰和猫头鹰奥斯卡为了帮助巴布而想出的各色办法无不显示出夸张的搞笑与游戏的滑稽。这部作品的插画作者是阿根廷颇具艺术个性的插画家波里·伯纳丁（Poly Bernatene）。为了突出故事的幽默效果，伯纳丁有意将巴布的形象画得大而又大，这样，他的孩子气的无奈和烦恼便显得令人忍俊不禁。故事临近结尾处，在巴布的显然又脏又乱的房间里，扛着拖把一脸无奈地坐在沙发上的杰瑞米与窗外窃笑的马克和巴布，也为故事增添了快乐的元素。

然而，尽管这部作品在情节编织、图文配合方面不无可圈点处，但我仍然要说，《大狗巴布》并不是一部特别成功的图画书作品。作为一本具有生活教育意义的图画书，它的说教痕迹还太重了些，换句话说，它的故事与它所在意的幼儿教育内容并不是完好地融为一体的。我们看到，故事所涉及的"整理自己的房间"的生活教育观，是在杰瑞米从巴布的肚子里飞出来之后，被比较生硬地插入到他与妈妈的对话中的，它有点像一个并不那么自然的装饰被点缀在故事枝干的末梢，我们很可以用任何一个另外的出走理由将它换下，这样，它也就没有成为整个故事情节的一个必然构成部分。因此，这部图画书在幼儿生活与故事之间所寻求的这样一次结合的结果，是使生活现实的迫切需求多少损害了文学故事的生动呈现。它提醒我们，为幼儿而写的生活教育故事如果想要成为一种出色的文学样式，首先要从生活的实用主义约束中走出来，进入真正的文学故事，才有可能在故事里完成真切的生活传达。

五、在提问中成长

《别再问来问去了》是一本幼儿图画故事书，同时也是一本针对低幼儿童的知识读物。所以，当我们和孩子一起打开这本图画书的时候，就有两条彼此交叉的阅读路径展开在我们面前。

一条路通向一只名叫依美的、充满好奇心的小鸭的生活故事。在图画书的第一个翻

◇《别再问来问去了》封面

页，我们一眼就认出了这只与众不同的小鸭。几枝灌木将它与鸭妈妈和其他小鸭有意无意地分隔开来，并把它推到了画面上离我们最近的那个空间层次。它的那个标志性的"对什么都感到好奇"的表情，仿佛是接下去一连串不间断的提问的前奏。小鸭依美的问题是如此之多，以至于到了最后，耐心的鸭妈妈也支吾起来——这个动作既可以被理解为鸭妈妈对小鸭天真固执的提问的无奈，也可以被理解为它不再能够解答小鸭的所有问题的暗示。这让发生在依美和妈妈之间的问答游戏不再是一方提问、另一方解答那么简单。如果说在很长一段故事时间里，总是提供答案的鸭妈妈一直占据着较高的知识位置，那么到了故事最后，当鸭妈妈试图打断问题的链条，而小鸭却执着地用它的又一个提问来结束全部对话的时候，我们倒觉得它才是整个问答游戏的赢家呢。通过这样一种安排，原本单一的叙述节奏在被打破的同时得到了新的丰富，而故事本身也多了一份小小的幽默。

与此相关的另一条阅读路径指向的是提供给幼儿的一系列初级动物知识。我们看到，通过小鸭依美的提问，同属鸟纲的麻雀、鸽子、鸵鸟、蜂鸟、鹦鹉、乌鸦、燕子、大雁、鹌鹑、白鹤以及鸭子各自的主要类别特征以幼儿易于接受的粗线条方式呈现了出来。出于知识介绍的便利，作者让这些栖居地点和生活习性各不相同的鸟类与小鸭依美——谋面，但细心的读者会发现，在介绍鸵鸟和蜂鸟时，作者和绘者并没有让依美与这两种生活在异域的鸟儿

直接相遇，而是借助于两张绘图的纸页来完成对这两种鸟类的介绍，这样一个细节设计体现了对于幼儿图画书知识性的不仅仅是表面上的尊重。能在童话情境中仍然考虑到情节对于知识读物的合适性，是这部作品作为幼儿知识读物值得十分肯定的地方。

通过一个故事来传达某种知识，这是知识类幼儿读物最常用的文本形式之一。不过，《别再问来问去了》的特别之处在于，它在说故事和讲知识的同时，显然超越了"故事＋知识"的单一模式。它所提供的不仅仅是一个关于好奇心的故事，也不仅仅是一个初级的知识课程，同时它还是让所有像小鸭侬美那样刚刚开始认识世界的孩子学习体验和认识自我的一个过程。我们会注意到，小鸭侬美对于每一种鸟类的认识都是在与它自己的比较中展开的，而所有这些比较的结果，是使它在向外观察世界的同时，也自然而然地完成了对于自我独特身份的休认。毫无疑问，故事里的小鸭侬美就是一个可爱孩子的童话角色，而通过阅读过程中对这一角色的体验和扮演，现实生活里的幼儿也将获得一份自我认同的愉悦。正是这样一个属于幼儿的天然的认识过程的参与，使得这个作品的故事和知识不是互相分离，而是彼此贴近、互为依托的一个整体。

我想，阅读这样一本与提问、知识和自我认知有关的图画书，每个孩子都会生出许许多多的问题。所以，希望父母在陪同孩子一起阅读这本图画书的时候，也要准备好足够的细心和耐心。说到底，每一个孩子不都是从这样的提问里慢慢长大起来的么！

第十四章 诗意、幻想和幽默

正如幼年生活应多一些欢乐温暖一样,幼儿文学的写作题材和艺术面貌也多以诗意的温情与幽默的欢快见长,两者又常与幼年时代特有的幻想力相结合。这份单纯的诗意、幽默和想象的精神,最终会成为幼年时代的美好记忆与丰饶根基。

一、发现生活的诗意

◇《需要什么》封面

《需要什么》是意大利儿童文学作家姜尼·罗大里的一首小诗,也是一首好诗。插画家西尔维娅·伯安妮为它配上了拼贴画风的有趣插图。这首诗的题名"需要什么",原本是一个简单的日常生活问题,但就从这个普通的问题出发,作家有了一个巧妙的诗的构思,并且从这构思中,为我们揭示了日常生活的诗意。

诗歌从"做一张桌子,需要木头"一句起始,开始了一种连锁调式的诗行铺展:从"桌子"到"木头",从"木头"到"大树",从"大树"到"种子",从"种子"到"果实",从"果实"到"花朵"……一切看上去都是那么顺理成章和自然寻常,直到我们读到最后一句:"做一张桌子,需要一朵花。"这个结束的诗行,不但在内容和形式上呼应并回答了诗歌最初提出的那个问题,更打断进而重建了诗歌中"需要什么"的逻辑链条。

我们看到,在最后这一句出现之前,诗行的推进一直遵循着我们熟悉的日常逻辑,其中每一个逻辑链环的增加,都不令人感到意外。然而,当诗人最后把"做一张桌子"和"一朵花"的需要连接在一起时,一种有别于前的蓬勃诗意,忽然从我们眼前升腾起来。它也是整首诗的诗眼所在。

不论"桌子"还是"花朵",都是前面已经出现过的意象,当诗人把它们并置在一起时,为什么会给诗歌带来如此大的感觉变化呢?

让我们来比较一下"桌子"和"花朵"这两个意象吧。一般说来,"桌子"是一个器物对象,"花朵"则是一个生命对象;"桌子"是人工的物品,"花朵"是自然的生灵;"桌子"主要是"有用"的,而"花朵"主要是"美"的;"桌子"的含义显得普通而单一,"花朵"则暗含了诸多鲜艳芬芳的隐喻……所有这一切区别，都指向着"诗"与"非诗"之间的区别。也就是说，通过从"桌子"到"花朵"的转变，作家完成了从日常器物向美的生命、从日常功用向美的诗意的转变。它也是从充满功利的日常生活向荷尔德林笔下"诗意的栖居"的转变。

这样的转变诠释着诗的智慧。我们来看，在短短的六行诗里，作家是如何一步一步地把生命的感觉慢慢地还给沉默的"桌子"，继而再悄悄地赋予它一种诗的美感：从"桌子"到"木头"，仍然是器物的还原；从"木头"到"大树"，开始有了生命的介入；从"大树"到"种子"，生命有了生长的感觉；从"种子"到"果实"，更多的诗意在其中酝酿；从"果实"到"花朵"，一种纯粹的美感如同花朵一般，完全地绽放出来了。

通过回溯日常器物的生命源头，诗人也在教我们回溯日常生活的诗意源头。一切生命现象最初都是诗，而日常生活的种种功利考量，总是会令我们在不知不觉中沉入生活的烦扰算计，远离那自由而清新的诗的世界。就好比"桌子"这个实用的名称，已经很难激起我们关于实用生活之外的更多想象。《需要什么》打破了这一想象力的陈规。通过从"桌子"的名称中恢复"花朵"的意义，原先与"桌子"联系在一起的那种单调、乏味的日常生活，忽然被赋予了一份活泼、轻灵、美好的诗的气息。

循着这首诗的逻辑，我们也可以发明一种从日常生活中寻找诗的游戏。想一想，除了桌子，我们身边的各式日常器物，都蕴藏着什么样的诗意？模仿"想要……需要……"的诗行来回溯这些器物的源头，既是语言的游戏，也是想象力的游戏；通过它，父母可以和孩子一起去发现生活中那些散落各处的被遗忘了的诗意。

实际上，西尔维娅·伯安妮为罗大里的这则小诗所配的插图，已经在拓展着诗歌的想象游戏了。在"需要木头"一页，画家向我们展示了日常生活中除桌子外由木头做成的许多器物，比如窗台、柜子、镜框、木马、木偶、木头夹子，等等。这些对象也隐在地成为了"需要什么"的游戏的一部分。同时，诗歌中的大树、种子、果实等意象，在伯安妮的画笔下又多了一份绚丽和俏皮。比如，你从"需要种子"那一页的插图上，注意到混在种子中间的那些可爱的小虫子了吗？还有"需要果实"的一页上，那只正从自己啃了几口的苹果背后爬出来的毛毛虫，以及一脸万圣节怪笑的大南瓜。藏在插图中的这些小小的惊喜，当然也是日常生活诗意的一部分。

二、黑夜里幻想的眼睛

◇《若昂奇梦记》封面

漆黑的夜里，一个孩子，一个人，躺在自己的床上，等待着外出捕鱼的父亲归来。这时候，他能做些什么？

他只能躺着，什么也做不了。或许，他还想要用睡眠来努力抵抗身体里面逐渐膨胀着的那份不安感。然而，在身体的静态中，他的想象力却不能抑制地奔腾起来。不论醒着还是睡着，那个因为受到黑夜和孤独的滋养而变得格外庞大错杂的想象世界，把孩子彻底吞没了。

在巴西图画书作家、画家罗杰·米罗的图画书《若昂奇梦记》中，一个叫若昂的男孩就是这样陷入到了渺无边际的幻想意识流中，而他的幻想的起点和边界，都是他的被单。

这是一个奇特而又巧妙的构思。真的，在漆黑的夜里，孩子唯一能抓住的也只有他的被单了。这小小的被单承载了他所有安全感的寄托。然而，恰恰是这张被单，因为被他的想象力所浸透而成为了男孩黑夜幻想的发源地。罗杰·米罗在若昂的被单上大做文章，随着被单花纹的变换，我们从中看到了若昂的想象展开以及与之相伴随的他的各种心理感觉。在若昂入梦以前，他的想象以及被单上呈露出的花纹，带着些许抒情诗的风格："一个吻轻轻地落在若昂的额头上。是黑夜亲吻了若昂。它藏在哪儿？它是不是躲在一声声的歌谣里呀？或者是藏在一阵阵的晚风里？还是在被子的丝线变成的一座座高山里？"小男孩甚至还在被子的"山峦"里制造了一场"小小的地震"。然而，在孩子睡着之后，他一直小心地为自己掩藏着的那份小小的恐惧感，却偷偷溜入了他的梦境。"睡梦中的若昂感到了一丝丝恐惧，恐惧也一丝丝地蔓延开来，难道是若昂把装满恐惧的水龙头打开了"？

《若昂奇梦记》的插图据说受到了巴西刺绣图案的灵感启发。插图中那些细致精美的线条和图案，巧妙地烘托出若昂想象世界的神奇瑰丽与错综复杂。我们看到，从被单的图案里幻化出了无边的黑夜、古老的歌谣、轻拂的晚风、层峦叠嶂的高山峡谷、翻卷着浪花的广阔海洋、一个椭圆形的湖泊、一面巨大的鱼网……这一切当然都是从若昂的想象里生长出来的幻象，每一个幻象里也都有着若昂小小的身影。插图上，若昂的身体与被单之间空间关系的变化，似乎也暗示着若昂与他漂浮于其中的那个幻想世界之间关系的变化：在男孩还没有睡着的时候，他的身体往往有一部分露在被单之外，或者就在被单边缘附近；这时候的孩子也处于一种浅幻想的状态。而随着被单越来越完全地覆盖和卷住了男孩的身体，原本虚实交织的幻想也变成了全然虚构的梦境。这时候的若昂被他自己编织的幻象牢牢地包裹着，原本就藏在他心底的恐惧，此时也像梦境中的湖水般不可抑制地汩汩流淌出来。

透过若昂的梦境，我们看到了一个孩子如何勉力抵御着他内心小小的恐惧感：恐惧化为湖泊，若昂想把湖水排干；恐惧变成小鱼偷溜出来，若昂想用一张渔网去网住它；恐惧变成的大鱼冲破了渔网，若昂忙着去处理网上的窟窿；恐惧变成的窟窿却越来越大，开始吞没一切……画面上，那样一张由密密织成的被单花纹构成的、从头到脚裹住了若昂的大网，生动地传达出男孩一个人在家睡觉时的那份忐忑与不安。

在梦境中的恐惧感即将失控的时刻，若昂醒了过来。奇怪的是，他并没有从梦境重新回到现实世界，而是来到了另一个比梦境更为奇异的幻想世界，因为醒来后的他发现，编织着他的梦境的那床被子，不知怎么被拆掉了，他的手里只有一根长长的丝线，而地上则散落着一堆字母。于是，若昂就用一个问号牵引着那根丝线，把字母一个个地串起来，重新给自己做了一床"字母的被子"。

这是一个很特别的结局，它笔下现实化的幻想和幻想化的现实，透着一种南美风情的魔幻气息。我们大可以把这个结局读成一种天马行空的幻想，但我们也可以这样解读个中幻想的意义：故事中一直在男孩心中蔓延生长的那份恐惧感，似乎是在他自己掌握了想象的针线和材料之后，才得到了完全的释怀。醒来后的若昂"一边缝被子，一边哼起了自己编的催眠曲"，一种舒缓平和的氛围代替了此前有些紧张的情绪，它意味着若昂终于一个人走出了黑夜的恐惧。这对于那些与若昂一起紧张地体验着黑夜带来的不安感的孩子们来说，当然是一个不可或缺的结尾。

罗杰·米罗用黑、白、红三色的配合，来表现黑夜、梦境和幻想混合在一起的奇妙感觉。画面的线条和图样透着手工织物特有的柔软、纤细而精致的质感——这或许也正是幻想的质地。这样一本精美的图画书，哪怕只是一页页地翻看它的插图，也让人觉得意味无穷。

2014 年 3 月 24 日，博罗尼亚童书展上，国际儿童读物联盟宣布罗杰·米罗获得本届国际安徒生奖插画家奖。其时我与罗杰·米罗同在发布会现场，我向这位 1965 年出生却依然保持着孩子般笑容的插画家表示祝贺，并告诉他《若昂奇梦记》即将在中国出版的消息，他用中文连说"谢谢"。对于这位此前已连续两届提名安徒生奖的巴西插画家来说，这真是一份不小的惊喜，因为进入本届大奖终评的五位插画家中，还包括早已名扬海内外的英国童书插画家约翰·伯宁罕。然而，阅读《若昂奇梦记》这样的作品，我们会觉得，评委会之所以选择罗杰·米罗作为本届大奖得主，显然也是对于其图画书艺术的一种实至名归的认定。

三、我们是"一个"

姜尼·罗大里的《一个和七个》，写的是一个很小的故事，说的却是一种很大的思想。

故事很短，但一起头就很有意思。叙述人说"我认识一个小孩"，却又接着补充道，"确切地说，应该是七个小孩"。他要讲的，到底是"一个"还是"七个"小孩的故事呢？

开出"谜面"之后，他开始逐一介绍这"七个"孩子，他们分别是来自罗马、巴黎、柏林、莫斯科、

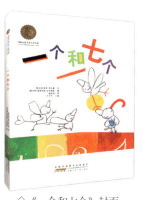

◇《一个和七个》封面

纽约、上海和布宜诺斯艾利斯的保罗、吉恩、科特、尤里、吉米、秋和巴勃罗，他们的爸爸分别是电车司机、汽车制造厂工人、大提琴家、泥瓦匠、加油站工人、渔民和粉刷匠。这样，一共就有七个小孩。

可为什么"我"说他们"更像是同一个小孩"呢？"保罗的头发是褐色的，吉恩的头发是金色的，科特的头发是黑色的"，"尤里是白皮肤，秋是黄皮肤"，"巴勃罗看的是西班牙语电影，吉米看的是英语电影"；为什么"我觉得他们就像是同一个小孩"呢？"我"的回答是这样的：尽管这七个孩子来自不同的地方、不同的家庭，他们的皮肤和头发颜色各异，他们说的语言也各不相同，但他们却有着共同的需要、共同的爱好，还有一样欢乐的笑声。这也正是为什么"我觉得他们就像是同一个孩子"的原因。

这是一则富于象征意味的小故事。作者当然不是真的要向读者介绍"七个"真实的小孩，或者"一个"同时住在七个地方的奇怪的孩子。我们很容易就能看出，这里的"七"并非实数，而是虚数，作者是想以少代多，以故事里的七个孩子来指称世界上所有的孩子，以他们来自的七座城市来指代世界上每一个地方，以他们父亲的七种职业来代表世界上的一切职业。这样，"一个和七个"的故事就意味着，地球上所有的孩子，不分名字、地域、生活方式、肤色、语言以及其他的一切区别，都分享着童年共同的愿望、感受、

欢笑和乐趣，他们都是同一个"孩子"投下的不同身影。这些孩子长大起来，"就像是同一个人"，所以，"他们之间永远也不可能发生战争"。

这就是为什么我在本文开头就说了这样的意思，《一个和七个》讲的是小小的童年故事，说的却是很大的人类的事情。它告诉孩子们，这个世界上，所有的小孩都一样是小孩，所有的人也都一样是人，他们拥有共同的名字，也正是这个名字，提醒着我们从"一个"的视角，来看待多样化的世界和生活在其中的每一个人。

意大利插画家维多利亚·法卡伊尼为《一个和七个》所配的儿童涂鸦风格的插图，以鲜亮的色彩烘托出了罗大里这则故事的总体情绪感觉，其画面包含的叙事想象，也增添了故事的阅读趣味。

阅读这样的作品，我们或许会问：写给低幼孩子欣赏的文学作品，可以这样讲故事吗？那些阅读故事的小孩子，能理解故事里"一个和七个"的象征内涵吗？

我要说的是，幼儿文学不但可以这样讲故事，而且应该这样讲故事。这倒不是说这类文学一定要讲出一个很大的意义，而是说，那些写给孩子、尤其是写给低幼孩子的文学作品，应该具备这样一种开阔的视野与情怀，它虽然是面向小孩子的一种讲述，但这不妨碍它向孩子们传递一种大关怀、大意义。相反，正因为这类文学面对的是年纪尚小的孩子，它们的精神面貌的大与小就显得尤为重要，因为对孩子来说，这样的文学阅读不但为他们提供着游戏的趣味，也塑造着他们将来的模样。哪怕孩子们一时并不能完全领会作品的全部意义，那也不要紧，有一天，它们会像泥土里过冬的种子那样，从孩子的意识中苏醒过来，生长，开花，孕育出美好的情感。

那些能够用大思想来为孩子们写作的人，是一些了不起的儿童文学作家。姜尼·罗大里正是其中的一位。他在1970年获得了国际安徒生奖作家奖。

如果我们喜欢他的《一个和七个》，还可以读一读他另一首题为《面包》的儿童诗："如果我是面包师，/我要烤一个巨大的面包，/……穷人，孩子，老人，小鸟儿，/都能吃得到。"这是一种与《一个和七个》一脉相承的艺术情愫，它让我们体验到了童年故事里的深厚情感，也让我们感受到了儿童文学作品中的伟大蕴含。

四、图画书的单纯和幽默

图画书《我先来》讲述了这样一个故事：晴好的天气里，鸭妈妈带着她的宝宝们外出散步，他们一块儿玩钓鱼游戏，一块儿洗澡，一块儿嬉戏。不过，悠闲的户外时光里，总有那么一只性急的小鸭，对鸭妈妈安排的每项活动都表现出一种急于抢先的迫不及待。他总是嚷着"我先来！我先来"，也总是第一个莽莽撞撞地投入到每一次活动中，直到他发现，"我先来"原来并不一定是一句可爱的话语，而"第一个"也并不总意味着抢先的快乐。

法国插画家克里斯·迪齐亚高莫以一种简洁、稚拙而又动感十足的画风来诠释这个充满童趣的故事。几乎不需要任何标志性的身体特征，我们就能一眼把故事中这位性急的主角辨认出来。在每一幅画面上，他的姿势总是最欢快的，他的动作也总是最张扬的。例如，在图画书的第二个跨页上，我们看到，当其他小鸭们还乖乖地围在鸭妈妈身边等待指示时，性急的小鸭已经飞奔出了房子，他的全力前倾的身体姿态与其他安静站立着的鸭子之间，形成了一种鲜明的力的比照。这一比照也是对于整个故事中角色的行动力分布状态的一种预示，它贯穿于图画书接下去的各个画面，并成为了推动故事情节不断向前的一个基本动力。

与这一动作相呼应的，是那句标志性的"我先来"。这样一句简单短促的稚语，加上画面中若干辅助性的动作线条，把一个总是急不可耐地四处奔忙着的童话角色形象，生动地展现在了我们的面前。从这只小鸭身上，我们看到了无数好动的孩子的身影。尽管小鸭的所有鲁莽行为并不被他的兄弟姐妹们十分待见，但他依然恣意而又快活地享受着属于自己的游戏时光。一页一页翻看下去，我们也会忍不住被这份兴高采烈的生命情致所感染。

当然，小鸭最后碰到了麻烦。在主人的餐桌前，他第一次转过身去，蹑手蹑脚、小心翼翼地离开了这个"危险"的场所。对比此前所有热闹的插图，这一忽然安静下来的画面充满了令人忍俊不禁的幽默。如果我们对图画书的画面语言比较敏感，就一定会注意到，在最后一幅画面出现前，小鸭的所有身体动作方向几乎都是从左向右的，而且常常伴随着相当明显的速度感。而到了倒数第二幅画面，在人们"吃鸭子"的对话声中，我们看到了整部作品中第一张小鸭的静止特写；紧继其后，小鸭的动作方向第一次发生了从右向左的改变。这一主角运动方向的改换既直观地呼应了故事情节的转折和情绪氛围的变化，也是对于小鸭认识和行为变化的一种潜在的暗示。虽然故事最后什么也没有说，但我们知道，经历了这个画面之后，总爱"我先来"的小鸭一定会变得和从前有些不一样。

然而，我多么希望，我们的老师和父母在和孩子一起阅读这个故事时，不要太急于把孩子们带到某种行为教育的狭窄寓意中，不要试着去说给孩子，它讲了一个什么样的道理。这样做，我们就错过了一个单纯幽默的好故事。事实上，这本图画书的长处并不在于它的教育性，而恰恰在于它对个中主角身上天然的孩子气和生命感觉的单纯书写与传神表现。故事里的小鸭尽管那么自我，那么莽撞，但你不觉得，在他的自我和莽撞中，也带着一份童年本真的生命活力吗？而当他最后由于自己的行为而遭遇困境时，他独自承担并摆脱了面前的"危险"，在这个过程中，他的顽皮好动转化成了某种小小的急中生智。小鸭装着猫叫离开餐桌的那个场景告诉我们，很多时候，童年是懂得自己从失误中学习的。就像在故事中，没有人看到小鸭的尴尬，但他一定从这尴尬中学到了些什么，让我们把童年的领悟也留给孩子自己吧，这是给予一本好的图画书的艺术尊严，也是给予童年的尊严。

五、寓言之智与童话之美

　　《不能弄湿脚的青蛙女王》是一则寓言体的
童话。这类童话在意大利儿童文学中有着光辉的艺
术传统。著名的意大利儿童文学作家、1970 年国
际安徒生奖得主姜尼·罗大里的《假话国历险记》
等一批广为人知的作品，便是借童话的想象传达政
治讽喻的典型代表。虽然童话的文学旨趣和寓言的
观念意图是有可能发生冲突的，但在罗大里的作品
里，这两者的交融颇为自然，他的故事兼有童话想
象的妙趣和寓言思考的深意，读来神采飞扬而又回
味悠长。

◇《不能弄湿脚的青蛙女王》封面

　　与罗大里笔下的"假话国"一样，大卫·卡利、马可·索玛合作创造的
"不能弄湿脚的青蛙女王"，也是一个充满隐喻性的意象。夏日傍晚的池塘
里，一个"王冠"从天而降，改变了一群自由自在的青蛙的命运。从此，青
蛙们有了一位女王，这位女王住在"一片只属于自己的大叶子"上，"不再
弄湿她的脚"，这意味着，她再也不需要做任何工作，每天除了睡觉，就是
用餐。她和她的顾问们高高在上，一面负责对其他青蛙发号施令，一面占有、
享受着它们的劳动成果。于是，到了傍晚，"青蛙们再也不唱歌了，因为它
们都太累了"。

　　故事的讽喻意义显而易见。青蛙女王四体不勤到了"不能弄湿脚"的地
步，这样的夸张在字面意义上突出了女王的娇贵身份，在深层意义上则凸显
了这一身份及其存在方式的不合理性。而回溯起来，这位女王身份和地位的
确立也真是荒唐——只是因为碰巧捡到那个"王冠"，她就成为了青蛙们的
女王，这个过程大概连她自己都有些莫名其妙。当然，这也得益于借女王之
名从族群中显赫而出的顾问们。我们很容易就能联想到青蛙女王、女王顾问
们以及其他青蛙在现实社会里的映像。马可·索玛的插图强化了这一讽喻的

意图。画面上的青蛙几乎完全呈现为人的形象，除了有着一个标志性的青蛙脑袋。它们读书，写字，吃茶，聊天，演奏和观赏音乐会，举办记者招待会等等。青蛙女王的出现给原本自由闲适的生活带来了强制的阶层分化和社会分工，我们当然看得出这荒唐的社会分层和分工在现实世界里的矛头所指。这也是罗大里童话传统的一个重要部分。

女王的"退位"与她的"加冕"一样偶然。跳水比赛中，为了证明自己身为女王的资格，她不得不从高高的叶子上跳下水去。这可能是一次偶然的邀请，也可能是一项聪明的计谋。但那都不重要了。等她从水底重新探出头来，"王冠"已经不见了。"没有王冠就不再是女王"，于是，"所有的青蛙都朝她身上扔起了泥球"。在寓言的逻辑里，这自然是青蛙女王应受的惩罚。但我们从画面上看到了比冷酷的惩罚要温暖、可爱和有意思的场景。你瞧，当青蛙女王从水底探出身来，她的愉快的模样，她的满足的神情，还有她站在那里不无狼狈却又稚气生动的样子，所有这些无不在告诉我们，做一只享受跳水和潜水的青蛙实在比当一位"不能弄湿脚"的青蛙女王要有趣得多。你再看青蛙们扔泥球的画面，这个看似表现惩罚的场景，它的色调却是偏暖的，个中角色的动作方式和幅度也是游戏性的。与其说青蛙们是在报复女王之前的统治和驱使，不如说他们是和她一起回到了原先那无分等级的欢乐生活中。这样，这个作品传达的意思就不再停留在简单的对立和反抗上，而是在政治的讽喻之外，更多了一份属于生活的单纯宽厚的温情。

故事结尾，我们知道了"王冠"的来历，那原来是一枚王冠形的戒指。它是怎么被丢进河里的？又为什么会被重新寻走？在拥有戒指的那对情侣之间发生过什么样的事情？这是留给读者想象的另一段甜蜜感伤的故事。但这里只有这一处想象的延伸吗？你再回过头去看年轻人驾船从水里寻回戒指的那个画面，就在插图的右下方，在无人注目的角落，曾经成为女王的青蛙从荷叶荷花的缝隙间探起身子，在青年人的背影里张望着木船上那个装有"王冠"的小小首饰盒。她的神情里有那么一丝落寞吧，这枚在她生活中突然出现和消失的"王冠"，让故事初起时孑身独坐在荷叶上的"灰姑娘"成为了众人眼里耀眼夺目的"女王"，这段如梦般的时光，或许也给她不起眼的生活平添了一份美好的记忆。

因此，让我们记得《不能弄湿脚的青蛙女王》教给我们的社会批判寓意，同时，也让我们不要把这则故事仅仅当作一则批判的寓言来读。在它的讽刺和隐喻的背后，在文字与插图共同创造的叙事和意义的复褶间，还隐藏着更丰富的故事层次与情感蕴含。它使作品兼有了寓言之智与童话之美。这正是图画书独特的艺术妙处。

第十五章 游戏与游戏的艺术

　　年幼的孩子，谁不喜欢游戏？谁又不曾全心沉浸于游戏的生活？阅读幼儿文学也是广义的一种游戏，但这游戏的创造和展示，还有着它独特的艺术文法。在优秀的幼儿文学作品中，我们看到的不只是幼年游戏的快意，还包括它内在的丰富生命蕴含与文化精神。

一、游戏有它自己的文法

图画书《蛋糕》的故事或许让我们想起了一则流传已久的西方谚语：一群厨师坏了一锅汤。这则谚语的字面意思是，如果许多厨师都想以他们各自的方法来烹饪同一锅汤，结果可想而知。从这个角度看，在阿贝做蛋糕的这个故事里，当狐狸、松鼠和老鼠一齐加入到制作蛋糕的"烹饪师"队伍中时，他们带来的正是"一群厨师"的典型效应。在阿贝把生的蛋糕放进烤箱前，三个小动物分别提出了它们对蛋糕的意见，并且照着各自的想法往蛋糕里加了糖，加了牛奶，又加了柠檬汁。这一连串举动引发了连锁反应——阿贝和他的动物朋友们开始没完没了地往蛋糕中添加佐料。最后，不用说，原本想做的蛋糕泡汤了！

然而，这则图画故事所依循的并非一般生活的功利逻辑，而是童年生活的游戏逻辑，因此，在作品中，故事的兴味非但没有随着蛋糕烹饪的失败而有所折损，反而从这出意外的烹饪狂欢中获得了它独特的表现力。对阿贝和他的动物朋友而言，蛋糕的事情从一开始就不是一桩严肃的生活任务，而是一次快乐的生活游戏。这样，当狐狸、松鼠和老鼠自告奋勇地加入到做蛋糕的队伍里来时，它们实际上是为这场游戏提供了至为重要的参与者和源能量。我们看到，随着烤炉上方挂钟时间的悄然推移，生活井然的秩序被逐渐打破，并越来越演变成为一场自由而开怀的游戏狂欢，在这里，"大家一起随心所欲地加呀，搅呀，和呀"。这里的"随心所欲"一词，既是故事角色完全进入游戏状态的一个话语标识，也是对于整个故事所传达的游戏精神的一个显在注释。

正是在这一"随心所欲"的状态下，蛋糕的故事超越了功利生活的逻辑框架，而进入到了童年游戏的恣意狂欢之中。在对应的插图中，我们看到烹饪蛋糕的用品早已撒落一地，做蛋糕的面团也成为了阿贝和他的伙伴们四处投掷的"玩具"。这个场景明明白白地告诉我们，故事的终点不是蛋糕，是游戏。而游戏有它自己的文法，它可以把秩序谨严的生活变成"随心所欲"的嬉戏，也可以将"蛋糕"的初衷毫无预料地导向"浓汤"的结果。

在幼儿生活的语境里，这一游戏的文法应该得到我们的理解和尊重。而图画书的作者以一个巧设的结局，表达了她本人对此的理解：当蛋糕的烹饪计划在游戏的狂欢中被解构殆尽时，由另一位不知情的动物朋友意外地带来了一个做好的蛋糕，它像一个仪式性的符号，庆贺着阿贝和他的朋友们在这场游戏中所享受到的欢乐和创造力，也诠释着童年游戏自身的合法性。在这里，尽管孩子式的游戏看上去打破了生活的规则，远离了既定的目标，但它仍将拥有属于自己的惊喜。

这就是童年游戏的文法，它也诠释着这一游戏自身的意义。如果说每个孩子终有一天要告别这游戏的世界，那么在这世界的大门还没有朝他们关闭之前，让我们暂且容许他们尽情享受这份游戏的自由吧。

二、别离和等待的游戏

◇《拉夫旅行记》封面

荷兰图画书《拉夫旅行记》的主角是一只布绒长颈鹿玩具，它是男孩本最亲密的伙伴。可有一天，它的突然"失踪"让本的生活一下子陷入了无边的不快乐之中。不过没多久，本开始收到拉夫从旅行途中寄来的明信片。一张、两张……等到明信片不再出现了，有一天，拉夫也回到了本的身边。

读完这个故事,我们大概会忍不住猜想:故事里的拉夫为什么会离开本?它是怎么离开,又是怎么独个儿跑去旅行的?它的出走和回归,会不会是谁为本安排的一场游戏?毕竟,从故事逻辑的角度,我们会很自然地期待拉夫的这趟旅行能有一些更清楚的来龙去脉。

但作者要讲述的并不是一个关于逻辑的故事,而是一个关于情感的故事,它所处理的是无数幼儿每天都在面对和学习应付的一种体验:突然的分离、绵长的思念、迫切的等待、快乐的团圆。仔细想一想,与父母、与朋友、与身边各种物事的暂别,是不是频繁地发生在幼儿的生活中?哪怕是从晨起到晚归的暂别。对我们来说,这样的分别或许太惯常、太微不足道了,但对于刚刚开始带着自我意识进入世界和生活的幼儿来说,他实在需要调度起很大的理解力和承受力,来应对生活中这些"突如其来"的变化。

安珂·德·弗利耶斯用这样一个想象的故事触及了年幼孩子这一日常生活经验,并以一种童话的方式来帮助孩子接受和安置这样的体验。故事里,与拉夫的分离给本带来了短暂而又强烈的焦虑,但这份焦虑感很快被拉夫的明信片带来的惊喜所取代。来自远方的信件默默地见证着本和拉夫之间不能相见的事实,却也同时将别离的不安和等待的无奈转变成充满希望的企盼和一次次令人兴奋的发现。简短的问候诉说着相隔遥远的本和拉夫之间的那一份克服距离的牵挂和系念。的确,两个好朋友被分开了,但他们好像又一直在一起。离别并不意味着爱和友情的消减,相反地,彼此的牵念最后将把拉夫重新带回到本的身边。

被牵挂所充满的等待时光是温暖的,却也是漫长的。为了补偿这种漫长的心理感觉,作者为拉夫、事实上也是为本安排了一场有趣的非洲旅行。拉夫在旅行中走过了非洲的沙漠、大湖和丛林,见识了那儿的各种动物,而本则从拉夫寄来的明信片里,间接地参与和体验了这场奇妙的旅行。通过这样的方式,作者巧妙地将幼儿日常生活中不无焦虑的别离和等待转变为了一场快乐的冒险游戏。在每一张名信片背衬着的跨页大画面上,插画作者夏洛特·德迈顿斯用充满阳光感的明亮华丽的色调,描绘着拉夫所到每一处景致：蔚蓝天空下的金色沙漠、被火烈鸟的羽毛映亮的彩色湖水、梦一般幽深的葱郁丛林、身披落日余晖的长颈鹿群……这些充满视觉冲击力的画面在诠释故事的同时，也为读者提供了一场色彩和光影的盛宴。

当然，小读者们一定会急于从画面中寻找拉夫的身影。在空间如此阔大的画面之上，拉夫小小的身躯并不那么惹人注目，有的时候，我们需要借助于明信片中拉夫的自述，才能顺利地发现它的所在。与此同时，在某些画面场景与对应的明信片的叙述之间，也存在着信息上的微妙"偏差"，这"偏差"在故事内酝酿出一种特殊的幽默感。比如，拉夫从丛林那儿寄来的名信片上写着："我正和猴子们在藤蔓上荡秋千。荡啊荡的，把我的脖子和尾巴都拉长了一点。"然而从名信片背后的插图中，我们看到的却是这样一幅景象：树枝上，两只猴子为了争抢拉夫，分别从两边各拽住了它的脑袋和一条后腿，显然把它当成了一件稀奇的玩物。可以想见，拉夫的"脖子和尾巴都拉长了一点"，很可能是这一争抢的结果。大概是为了掩饰这种尴尬的境遇，它编出了"和猴子们荡秋千"的"体面"情节。同样，在见识过真正的非洲长颈鹿之后，拉夫说道："他们请我留下吃饭。非洲饭真好吃，我怎么也吃不腻。"但从画面上的情景来看，可怜的拉夫伸长了脖子也没能够长过长颈鹿的脚蹄，整个画面只能看到这些大型动物的一部分长腿，再加上拉夫充满企盼而又不无落寞的神情，这很可能意味着，它的这些身材高大的本家们并

◇《拉夫旅行记》内页

没有能够注意到这位身量实在太过纤小的"亲戚"的来访,而所谓的"留客吃饭",也只是拉夫自我安慰的想象而已。这小小的隐瞒为故事增添了有趣的遐想,同时也透露出童年可爱的狡黠——孩子们大概最能够理解这种不愿意被看轻的狡黠。

在本和拉夫的故事主线之外,作品里还掩藏着另外一条重要的叙事线索,它完全隐没在文字的底下,而且是以一种令人不易觉察的方式从画面中开始延伸的。在本书的第二个跨页上,也就是拉夫失踪的那个晚上,只见小床上静静地卧着五个显然也属于本的毛绒动物玩具。其中的三个玩具已经睡下,另外醒着的两个则把它们的目光投向了小床上一个空空的角落,仿佛在暗示着拉夫的缺席。插画作者有意让这些玩具彼此叠压在一起,以至于读者要在很仔细的画面阅读中,才能辨清每一个玩具的真实面目。不过我们很快会发现,这样的耐心和工夫是值得的——在随后讲述拉夫非洲之旅的五个跨页画面上,先后出现的各种主要动物恰好与这群毛绒玩具形成了有趣的对应:沙漠上缓行的骆驼、大湖中涉水的火烈鸟、在水中嬉戏的大象、丛林枝头的猴子,以及最后出现的长颈鹿,不正是故事起始处本的那些毛绒玩具动物的"真实版本"?

秘密之下还有秘密。你注意到了吗,在上面提到的第二个跨页上,本的动物玩具中还有一条青色的大蛇,然而,在其后的五幅跨页插图中,却似乎只先后出现了骆驼、火烈鸟、大象、猴子和长颈鹿五种动物,唯独少了青色玩具蛇的"本家"。是作者把它给遗漏了吗?不,你仔细瞧,在拉夫与猴子相遇的那个画面里,与名信片的右边缘相交的那根树枝上,正静悄悄地盘着一条青色的大蛇,它的颜色几乎与丛林的枝叶融为一体,一小截蛇身又被名信片遮住了,因此不大容易被察觉。再加上这些画面基本上采用了"一图一物"的表现手法,即每个画面主要用来表现一个场景和这场景里的一种动物,因此在翻阅它们的过程中,我们很容易产生一种注意的惯性,即倾向于在每一个画面上,只关注到一种动物的活动。事实上,即便我们注意到了大蛇的存在,如果没有意识到前后画面之间的上述互文关系,同样会倾向于把它仅

◇《拉夫旅行记》内页

仅看作一个普通的背景意象，而不能见出这个细节所指向的特殊内涵。

如此一来，拉夫的这场旅行就不再像故事刚发生的时候那样显得毫无章法，而是多了一层隐在的秩序：拉夫似乎是要代表本去会一会那些只在玩具世界里才见过的动物朋友。不过，图画书的文字叙述丝毫也没有提及这些真实的非洲动物与本的毛绒玩具之间的这一特殊关系，相反地，各种动物与毛绒玩具之间在形体大小和样貌上的反差，加上插画者有时故意只绘出动物的一部分躯体，反而增加了辨识这一关系的难度。这么一来，它更成为了埋在故事里的一个特别的"秘密"，等着读者自己去解开。而一旦上述潜藏的画面和意义关联被发掘出来，对孩子而言，那种发现和恍然大悟的惊喜可能是难以言传的，他们的故事阅读将因此而增添许多新的乐趣，他们对于作品的理解也将得到新的丰富。事实上，只有见出了这个"秘密"，我们才会真正明白，为什么当拉夫顶着不知名的粉色鸟儿拉下的一坨便便在湖水中漂游时，会向着本发问道："你知道它们叫什么名儿吗？"本当然知道，因为这种鸟儿显然正是与他朝夕相处的其中一个玩具的"本家"。

带着这样的理解再来重读整个故事，我们会感到，不仅仅是拉夫和本，所有的玩具都成为了这场旅行某种意义上的参与者。因此，故事临近结束时，毛绒玩具们翘首以盼等待拉夫归来的场景，不只是本的心理感受的一种投射与转达，也可以理解为发生在玩具世界里的一场盛事。可以想见，从童话的角度来看，这里的每一个玩具都会迫不及待地向拉夫打听它们在非洲的那些遥远"本家"的消息。这样，图画书的结尾也就多了一重想象延伸的意味。

《拉夫旅行记》的主角是拉夫，但它显然是一个为本而讲的故事。不过，插图中本的形象只在最初的两个跨页上出现过两次，而且出现的方式都比较特别。第一个跨页，画面上只看到一只戴手套的手臂，这只手臂紧紧地握着布绒长颈鹿的一条后腿，告诉我们这两个好朋友之间有多么不可分离；翻过来的第二个跨页上，你仔细瞧，花格被子下露着本的一只穿蓝色条纹袜的脚，玩具们就卧在脚的周围。然而自此往后，画面上就看不到关于本的更多信息了。尽管他的名字在故事的文字叙述中被一再提及，但他的形象在插图中却是缺失的。这是一种很特殊的画面处理方法，它有点像是以留白的方式，为小读者在想象中塑造和认同男孩本的形象提供了完全开放的空间。事实上，这个不曾现身的男孩的位置，就是留给正在读故事的每一个真实的孩子的，阅读这本图画书，他们和本一样经历了一个从沮丧、紧张到惊喜、兴奋再到满足、安定的情感体验过程，这是对于低幼儿童日常情感的一种抚慰和宣泄，也是对于他们情感的一次延展和丰富。在故事最后的画面上，我们看到归来后的拉夫变得跟从前有些不一样了，他那焕然一新的样子，既令我们对他的这场丰盛的旅行遥想万千，同时也传达着本与好朋友重逢时的心理情绪。

对年幼的孩子来说，《拉夫旅行记》还是一本小小的非洲知识图册，它

◇《拉夫旅行记》内页

以一种近似于风物图鉴的方式向小读者描绘了非洲的几个经典场景和几种代表性的动物。这其中，还有一些小小的知识细节隐藏在画面中的明信片上。比如，"贴"在明信片上的那些邮票，也绘着包括金字塔、犀牛、鳄鱼、斑马等在内的各种"非洲标记"；在一些邮票和邮戳的角落里，还绘有非洲地图的基本形状。这种地理和文化感觉的呈现一直延续到了故事的最后，当拉夫通过邮递的方式回到了本的身边，它身下的那个大邮包上，还"贴"着绘有各样物事的非洲邮票。这些画面的细节在故事之外，为小读者们提供了另一种视觉阅读的快乐。我想，孩子们大概会很乐意去发现和观察藏在一枚枚"邮票"里的这些小小的信息。与之伴随而来的那样一种遥远、奇妙的文化感觉，对童年来说，也是一种重要的精神滋养。

三、寻找属于你自己的飞翔

在王一梅的童话作品《绿山是一个谜》中，绿山的故事有一个似乎不那么令人愉快的开始：这是一只孤独的青蛙，他在老蛤蟆身边长大，没有父母，没有伙伴，最要命的是，虽然临近"成蛙"的年纪，他却还拖着一条长长的尾巴。就像安徒生童话里的那只丑小鸭一样，他被众多的青蛙视为异类，并遭到了来自伙伴们的羞辱；而当他试图以本能的破坏行为来反抗这种蔑视和羞辱时，又遭受了青蛙王的严厉处罚。还有什么比这一连串的打击更令人沮

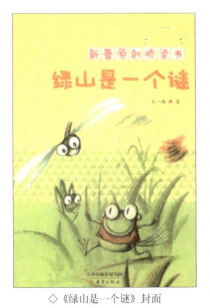

◇《绿山是一个谜》封面

丧呢？在漆黑的淤泥监禁室里，孤零零的绿山似乎看不到生活的任何光亮。

　　但也正是这一切的挫折，促使他走上了远行的道路。他的初衷很简单，那就是寻找自己的父母，其实也是为了寻找一份属于他的温暖。正是在这个过程中，绿山开始改写他自己的命运。他不但惊喜地发现自己的长尾巴原来是一件飞行的"利器"，更在意外地落脚城市之后，与思念已久的妈妈重逢，并由此解开了自己的身世之谜——他原来是一位青蛙王子，而他的那条不被族蛙待见的长尾巴，恰恰是青蛙王的标志。

　　不用说，从变成为王子的绿山身上，我们重又见到了那个熟悉的"丑小鸭"的影子。这个永恒的童话情结，在无数的儿童故事里反复上演，却始终能够拨动我们内心深处的某根心弦。显然，在关于青蛙绿山的这个故事里，他从一只没落的青蛙变为尊贵的王子的过程，也是最能激发小读者阅读乐趣的地方。

　　但王一梅这则童话的艺术价值，还不仅仅在于它以新的文本再度诠释了这一古老的文学母题。如果说安徒生笔下"丑小鸭"的荣耀在于它最终自然而然地长成了美丽的天鹅，那么在王一梅的童话里，绿山的王子身份的揭晓却并非他自我认同的关键——如果只是这样，他将像他的父亲青蛙王一样，始终秘密地背负着"长尾巴"的自卑与羞愧。只有当他在艰难的练习中掌握了"长尾巴"的飞行技巧，从而为整个青蛙王家族寻回了久已失却的王族尊严之后，他才在真正意义上完成了自我的蜕变。而这一点，是他的善良而胆小的父亲从不曾做到过的。因此，绿山的了不起，不在于他像许多童话中的"丑小鸭"角色那样，被动地接受了从天而降的青蛙王子的命运标签，而在于他像现代故事中每一个令我们感到振奋的主人公那样，以勇敢的选择和行动书写着自己的生活。

　　我特别看重作家为这一看似微小的叙事细节所花费的诸多文学用心，因为这里面包含了一种不一般的儿童故事写作的智慧。它让我们看到，即便是在童话故事里，真正的成长也不是等候命运颁发给你一份偶然的运气，而是寻找属于你自己的独一无二的飞翔。

后 记

在儿童文学的大文类下，幼儿文学是一个不论在创作还是研究层面都相对较少受到关注的门类。尤其是在幼儿文学的专业理论建设方面，这些年来，一些有心的研究者做了不少基础和重要的推动工作，但总体上看，有关幼儿文学的系统理论阐说以及相关的一系列艺术和文化话题，十分有待更为广泛、深入的探讨推进。

在我看来，幼儿文学代表的是一种幼年的诗学。它所关注、书写和呈现的那种属于幼年时代的独特生活映像、审美感觉和艺术精神，或许最为典型地体现了儿童文学有别于一般文学的艺术面貌。然而，也因为这种面貌上的距离，因为幼儿接受能力的客观限制，幼儿文学的艺术也是最容易被误解和边缘化的。幼儿文学的"文学"与我们平常所说的"文学"是同一个概念吗？幼儿文学具有真正意义上的文学性吗？这些问题大概盘桓在许多关注幼儿文学的人们心里。在一些时候，幼儿文学甚至被默认为一种没有难度的文学——以幼儿式的语言写幼儿式的生活，这其中会有什么难度呢？

但我想说的是，作为一种幼年的诗学，幼儿文学中包含了对于人类幼年时代独一无二的诗学感觉和审美状态的洞察、感应与发掘、建构。它的"没有难度"的表象，实际上恰是它最大的难度，因为幼儿文学正是要从那看似没有难度的语言和意义的展开中，创造出一种与幼年时代独特的审美感觉和精神内涵紧相关联的高级的艺术。它的"没有难度"使它无从卖弄辞藻，玩转技巧，而只能凭借最简朴、素白、清浅、真切的文字和情感来与读者相对。某种程度上，那也是人类语言和情感上的一种返璞归真。透过这样的文字，我们感受到的是幼年时代那令人神往的审美世界：单纯的心灵，天真的稚气，丰富的同情，以及蓬勃的生机。这也是一切优秀的幼儿文学作品特有的魅力。

本书尝试从综合视角梳理、探讨幼儿文学的基本理论与艺术问题。全书包括上、中、下三编，分别从基础理论、体裁研究和作品鉴赏的角度探讨、阐说幼儿文学的概念内涵、审美属性、文化特征、文体分类、艺术欣赏等问题，力图呈现、建构一个较为立体的幼儿文学的文类状貌。我也希望透过这样的理论探讨和批评赏析，来探寻属于幼年时代的丰富诗学内涵。

我要感谢明天出版社和刘蕾女士对于这本小书的接纳。对我来说，这是珍贵的信任，也是一份温暖的鼓励。

2016 年 6 月 27 日

于浙江师范大学丽泽湖畔

图书在版编目（CIP）数据

幼年的诗学 / 赵霞著 . - 济南：明天出版社，
2016.10
（儿童阅读专家指导书系）
ISBN 978-7-5332-8971-3

Ⅰ . ①幼… Ⅱ . ①赵… Ⅲ . ①儿童故事 - 图画故
事 - 阅读辅导 Ⅳ . ① I058 ② G252.17

中国版本图书馆 CIP 数据核字 (2016) 第 208849 号

策划组稿：刘　蕾　　责任编辑：张富华　　美术编辑：杨　瑞

幼年的诗学　　　　　　　　　　　　　　　　　　　赵霞 / 著

出版人 / 傅大伟
出版发行 / 山东出版传媒股份有限公司
明天出版社
地址 / 山东省济南市胜利大街 39 号（250001）
网址 /http://www.sdpress.com.cn　　http://www.tomorrowpub.com
E-mail:tomorrow@sdpress.com.cn
经销 / 各地新华书店　　印刷 / 山东新华印务有限责任公司
版次 /2016 年 10 月第 1 版　　印次 /2016 年 10 月第 1 次印刷
规格 /170mm×240mm　　16 开　　印张 /11.5
ISBN 978-7-5332-8971-3　　定价 /32.00 元